A HORA DO LOBO

coleção

O CREME DO CRIME

Arthur Conan Doyle
As Aventuras de Sherlock Holmes

Ruth Rendell
Um Bando de Corvos

E. C. Bentley
O Último Caso de Trent

Janwillem van de Wetering
Chuva Pesada

Ruth Rendell

A Hora do Lobo

Tradução:
Teresa Ottoni

Jorge Zahar Editor
Rio de Janeiro

Título original: *Wolf to the Slaughter*

Tradução autorizada da reimpressão publicada em 1987
por Century Hutchinson Ltd, de Londres, Inglaterra

Jorge Zahar Editor Ltda.
rua México 31 sobreloja
20031 Rio de Janeiro, RJ

Impressão: Tavares e Tristão Gráf. e Ed. de Livros Ltda.

ISBN: 0-09-171140-1 (ed. orig.)
ISBN: 85-7110-075-6 (JZE, RJ)

Para Don

Eis a verdade
única: — somos
os peões da misteriosa
partida de xadrez, jogada
por Deus, que nos desloca,
nos pára, nos põe mais
adiante, e depois nos recolhe
um a um à caixa do Nada.

Rubáiyát, de Omar Kháyyám

Acho que o Vaso, aquele com fugitiva
Harmonia, outrora viveu,
Libertino; e os frios Lábios que beijei
Quantos Beijos há de ganhar — e dar!

1

ELES PODIAM ESTAR INDO matar alguém.

Era o que a polícia pensaria se tivesse parado o carro que corria velozmente, no lusco-fusco, pela estrada. O homem e a moça teriam de saltar e explicar por que carregavam uma arma ofensiva. A explicação teria de ser dada pelo homem, porque a moça não seria capaz de falar. Ao anoitecer, olhando a fina chuva cair no vidro, ela pensou que as capas de chuva que usavam pareciam um disfarce, roupas de *gangster*, e a faca estava desembainhada, pronta para ser usada.

— Por que você a leva consigo? — perguntou, falando pela primeira vez desde que haviam deixado Kingsmarkham e suas luzes mergulhadas na garoa. — Você poderia arranjar problemas por ter uma faca como esta.

Ela estava nervosa, mas não por causa da faca.

Ele acionou o botão dos limpadores do pára brisas.

— Vamos supor que a velhota se meta a engraçada? Vamos supor que ela tenha mudado de idéia? Posso ter de ameaçá-la com a "ira de Deus".

E passou a unha no fio da lâmina.

— Não gosto muito disso — disse a moça, que novamente não se referia apenas à faca.

— Talvez fosse melhor que você tivesse ficado em casa, esperando que ele chegasse a qualquer momento. É um milagre, para mim, que você tivesse sido capaz de usar o carro dele.

Em vez de responder, ela falou cautelosamente:

— Não devo ver esta mulher, esta Ruby. Ficarei no carro, para que ela não me veja, enquanto você vai até a porta.

— Está bem, e ela vai sair pela porta dos fundos. Planejei tudo no sábado.

Eles vislumbraram Stowerton inicialmente como uma mancha alaranjada, um feixe de luzes em meio à névoa. Chegaram ao centro da cidade, onde as lojas estavam fechadas, mas a lavanderia automática ainda estava aberta. Mulheres que trabalhavam durante o dia estavam sentadas diante das máquinas, olhando a roupa rodar através do vidro das portinholas, os rostos esverdeados, cansados sob a irritante luz branca. No cruzamento, a oficina de Cawthorne estava escura, mas a casa vitoriana atrás dela achava-se brilhantemente iluminada; da porta da frente, aberta, vinha o som de música de dança. Ouvindo a música, a moça sorriu. Sussurrou algo para seu companheiro, mas como só se referiu ao fato de os Cawthorne estarem dando uma festa, nada sobre o destino e objetivo deles mesmos, ele apenas balançou a cabeça indiferente e disse:

— Que horas são?

Ela olhou para o relógio da igreja quando entraram numa rua lateral.

— Quase oito.

— Perfeito.

Ele olhou na direção das luzes e da música e levantou dois dedos num gesto zombeteiro.

— Aqui, para o velho Cawthorne. Sei que ele gostaria de estar no meu lugar agora.

As ruas estavam cinzentas e lavadas pela chuva e pareciam todas iguais. Árvores raquíticas erguiam-se das calçadas a intervalos de quatro metros e suas fortes raízes haviam rachado o cimento. As casas baixas, fileiras intermináveis delas, eram todas sem garagem e havia um carro parado no meio da calçada em frente a quase todas.

— Chegamos, Chateris Road. É o número oitenta e dois, ali na esquina. Ótimo, há uma luz no cômodo da frente. Achei que ela poderia ter feito sujeira conosco, ter ficado com medo ou algo semelhante, e fugido — disse ele e colocou a faca no bolso; e a moça viu a lâmina escorregar para dentro do cabo até desaparecer. — Eu não teria gostado nada disso.

A moça disse tranqüilamente, mas com uma excitação oculta na voz:

— Nem eu.

A chuva trouxera a noite mais cedo e estava escuro no carro, muito escuro para se ver os rostos. Suas mãos se encontraram quando, juntos, procuravam fazer funcionar o pequeno isqueiro de ouro. À luz da chama, ela viu as feições morenas dele brilharem, e reteve a respiração.

— Você é adorável — falou ele. — Nossa, você é linda.

E tocou o pescoço da moça, acariciando a concavidade entre os ossos horizontais. Ficaram alguns minutos olhando um para o outro, a chama fazendo suaves sombras de luz em seus rostos. Ele então apagou o isqueiro e abriu a porta do carro. Ela segurou o cubo de ouro, esforçando-se para ler a inscrição gravada nele: "Pa ra Ann, que ilumina minha vida."

Um poste na esquina iluminava o caminho do meio-fio até o portão. Ele cruzou o foco de luz, que jogou sua sombra negra e severa na noite de contornos manchados. A casa era pobre e feia, com o jardim da frente muito pequeno para ter um gramado. Havia apenas um pedaço de terra, uma área cercada de pedras, como uma sepultura.

Ao subir os degraus, ele ficou um pouco à esquerda da porta a fim de que a mulher que viria atender não visse mais do que o necessário; não visse, por exemplo, a traseira do carro verde, molhado e brilhando à luz do poste. Esperou impaciente, batendo com os pés. Gotas de chuva se penduravam no peitoril da janela como fieiras de contas de vidro.

Quando ouviu barulho dentro da casa, ele empertigou-se e limpou a garganta. Passadas foram seguidas da iluminação repentina da vidraça em forma de losango na porta. Aí, quando a fechadura rangeu, a vidraça se tornou uma moldura para um rosto enrugado e maquiado, composto mas apreensivo, encimado de cabelos ruivos. Ele colocou as mãos nos bolsos, sentindo o macio cabo polido na mão direita e desejando que tudo lhe corresse bem.

Quando as coisas saíram erradas, terrivelmente erradas, ele teve uma horrível sensação de destino, de inevitabilidade. Aconteceria um dia, cedo ou tarde, de um modo ou de outro. Enfiaram-se em seus casacos de qualquer jeito, e ele tentou estancar o sangue com o cachecol.

— Um médico — ela gemia —, um médico ou o hospital.

Ele não queria nada disso, se pudesse evitar. A faca estava de novo em seu bolso e tudo o que ele desejava agora era ar, sentir a chuva no rosto e alcançar o carro.

O terror da morte estava estampado nos dois rostos e ele não conseguia olhar nos olhos dela, espantados e vermelhos como se o sangue estivesse nas pupilas. Atravessaram o pátio em pânico, se amparando, cambaleando ao passar pelo pequeno pedaço de terra que parecia uma sepultura. Ele abriu a porta do carro e ela caiu atravessada no banco.

— Levante-se. Controle-se. Precisamos sair daqui.

Mas sua voz soava tão distante quanto distante parecera a morte. O carro arrancou e disparou pela estrada. A moça estava com as mãos trêmulas e a respiração ofegante.

— Você ficará bem. Não foi nada... aquela pequena lâmina!

— Por que você fez isso? Por quê? Por quê?

— Aquela velhota, aquela Ruby... Tarde demais agora.

Tarde demais. Uma repetição das últimas palavras. Vinha música da casa dos Cawthorne quando o carro passou pela oficina, não uma canção triste, mas música para dançar. A porta da frente estava aberta e um grande foco de luz amarela iluminava as poças de lama. O carro passou pelas lojas. Depois das casas, os postes terminaram. Parara de chover, mas a região estava envolvida na neblina. A estrada era um túnel entre árvores das quais a água pingava silenciosamente, uma enorme boca molhada que sugava o carro com sua língua escorregadia.

Ao longo do foco de luz e ladeando as poças, os convidados da festa iam e vinham. A música os unia, música quente e seca em gritante contraste com a noite. Um rapaz saiu com um copo na mão. Estava alegre e feliz da vida, mas já esgotara as possibilidades da festa. O bêbado com quem falou num carro estacionado não tomou conhecimento dele. O rapaz terminou seu drinque e colocou o copo em cima de uma bomba de óleo diesel. Não havia ninguém para conversar, exceto uma senhora de rosto severo que ia para casa, pensou ele, porque os bares estavam fechando. Ele a cumprimentou, declamando em altos brados:

"Ah, tiremos o máximo do que ainda podemos ter,
Antes que nós também ao pó desçamos!"

Ela sorriu para ele.

— Está certo, querido. Você está se divertindo.

Ele não tinha condição de dirigir. Não no momento. Além do mais, para sair com o carro seria necessário remover os outros seis cujos donos estavam todos lá dentro se divertindo. Assim, começou a andar alegremente e com a débil esperança de encontrar alguém especial.

Começara a chover normalmente. Ele gostava da refrescante sensação dos pingos em seu rosto quente. A estrada para Kingsmarkham abria-se diante dele. Caminhou por ela feliz, nem um pouco cansado. Ao longe, na garganta, por assim dizer, daquela profunda boca molhada, podia ver os faróis de um carro estacionado.

"Que lâmpada" — falou alto — "teve por destino guiar
Seus filhos que tropeçavam no escuro?"

2

Um forte vento leste que soprara durante todo o dia e a noite secara as ruas. A chuva voltaria logo, mas agora o céu tinha uma firme cor azul, implacável. Atravessando o centro da cidade, o Kingsbrook passava barulhento sobre pedras redondas, com suas águas fazendo pequenas ondas.

O vento estava forte o suficiente para ser ouvido e sentido. Soprava entre as alamedas que separavam as antigas lojas dos novos quarteirões e, com um som semelhante ao grito de uma coruja, fazia com que os galhos desfolhados batessem de encontro à ardósia e ao tijolo. As pessoas que esperavam o ônibus de Stowerton, em direção ao norte, ou o ônibus de Pomfret, em direção ao sul, levantaram as golas dos casacos para proteger o rosto. Todos os carros que passavam tinham as janelas fechadas e quando os ciclistas chegavam à ponte sobre o impetuoso córrego, o vento os atingia e os fazia parar um instante antes de o enfrentarem e de balançarem oscilantes diante do Olive and Dove.

Apenas os narcisos na vitrine do florista mostravam que era abril, não dezembro. Pareciam tão macios e elegantes por trás de seus vidros protetores quanto os lojistas e empregados de escritório que tinham a sorte de estar dentro de casa nessa inclemente manhã. Um deles, pelo menos no momento, era o inspetor Michael Burden, que olhava para a High Street de seu observatório bem aquecido.

A delegacia de polícia de Kingsmarkham, um prédio surpreendentemente moderno, tem uma vista total da cidade, da qual está separada por uma faixa de grama verde. Um cavalo fora amarrado lá naquela manhã e parecia tão friorento e miserável quanto Burden se sentira ao chegar, há dez minutos. Ele ainda estava se descongelando junto a um dos respiradouros do aquecimento central que soprava uma onda de ar quente em suas pernas. Ao contrário de seu superior, inspetor-chefe Wexford, ele não gostava de fazer citações, mas teria concordado, nessa amarga manhã de quinta-feira, que abril é o mês mais cruel, fazendo brotar, da terra morta, se não lilases, muscaris. Eles cresciam em cachos lá em baixo, em vasos de pedra na entrada da delegacia, com suas flores cobertas por ramagens de folhas amarelecidas. Quem quer que os tenha plantado, tivera a intenção de vê-los florescer tão azuis quanto a luz da abóbada celeste, mas o longo inverno os derrotara. Burden sentiu que poderia estar olhando para a tundra em vez de para os frutos de uma primavera inglesa.

Engoliu o resto do chá quente sem açúcar que o sargento Camb lhe trouxera. O chá estava sem açúcar porque Burden preferia desse modo, não por motivos de sacrifício. Ele era naturalmente magro, não importa o que comesse, com o rosto de galgo, fino e ascético. Conservador no modo de se vestir, usava um terno novo essa manhã, e comprazia-se em imaginar-se um corretor em férias. Certamente ninguém que o visse naquele escritório todo atapetado, com as cortinas de padronagem geométrica e uma única escultura de cristal pensaria que ele era um detetive em seu habitat natural.

Recolocou a xícara de chá no pires de porcelana preta Prinknash e observou uma figura na calçada do outro lado da rua. Sua roupa bem talhada estava bastante presente em sua mente hoje, e ele balançou a cabeça com desagrado ao ver o tipo de cabelos compridos e roupas não-convencionais. A janela estava começando a ficar embaçada com a condensação do ar. Burden limpou pacientemente um pequeno pedaço e aproximou os olhos da vidraça. Algumas vezes ficava pensando como as roupas dos homens estavam mudando ultimamente — o detetive Drayton era apenas um exemplo de desleixo contemporâneo — mas isto! Uma grotesca jaqueta de pele eriçada, mais adequada a um esquimó, um longo cachecol rosa e amarelo que Burden não podia deixar de associar a uma universidade, *jeans* azul-claro e botas de camurça. O homem agora estava atravessando a rua — um típico pedestre distraído e imprudente — e entrando no vestíbulo da delegacia. Quando se abaixou e pegou um botão de jacinto para colocar na lapela, Burden quase abriu a janela para gritar, mas lembrou-se que deixaria o ar quente escapar e parou a tempo. O cachecol foi a última coisa que ele viu, sua franja púrpura voando enquanto seu usuário desaparecia sob o abrigo.

Parecia Carnaby Street, pensou Burden, recordando-se de uma recente viagem de compras a Londres com a mulher. Ela ficara mais interessada nas pessoas excêntricas do que nas lojas. Quando chegasse em casa diria a ela que não era preciso viajar oitenta quilômetros num trem abafado quando havia tipos mais engraçados na porta de sua casa. Mesmo este pequeno canto de Sussex logo estaria infestado deles, supôs, ao sentar-se a sua mesa para ler o relatório de Drayton sobre o roubo de cristais Waterford.

Nada mal, realmente nada mal. Considerando sua juventude e sua inexperiência, Drayton estava indo bem. Mas havia lacunas, fatos vitais omitidos. Se a gente quer alguma coisa bem-feita neste mundo, pensou com tristeza, na maioria das vezes a gente é que tem mesmo de fazê-la. Tirou sua capa de chuva do cabide — seu sobretudo estava na lavanderia. Por que não, em abril? — e desceu.

Depois de dias escondido pelas marcas dos sapatos enlameados, o chão preto e branco, como um tabuleiro de damas, do vestíbulo, brilhava muito essa manhã. Burden podia ver seus sapatos bem engraxados refletidos nele. A longa elipse do balcão e as desconfortáveis cadeiras de plástico vermelho tinham aquela aparência nitidamente frígida dada pelo vento e ar seco mesmo aos interiores.

Também contemplando seu reflexo nas lajotas brilhantes como espelho, com as mãos ossudas caídas, estava sentado o homem que Burden vira na rua. Ao som de passos atravessando a sala, olhou vagamento para o sargento Camb, que falava ao telefone. Evidentemente, ele precisava de atenção. Não viera, como Burden supusera, para recolher o lixo ou trocar fusíveis, ou mesmo vender informações duvidosas ao sargento Martin. Parecia um autêntico cidadão inocente com algum tipo de problema menor. Burden imaginou se o homem perdera um cachorro ou achara uma carteira. Seu rosto era pálido e encovado, a fronte áspera, os olhos nada tranqüilos. Quando Camb desligou o aparelho, aproximou-se do balcão com uma irritação curiosamente preguiçosa.

— Sim, senhor — disse o sargento. — O que posso fazer pelo senhor?

— Meu nome é Margolis, Rupert Margolis.

Era uma voz surpreendente. Burden esperava o sotaque local do *cockney**, algo que combinasse com as roupas, qualquer coisa exceto essa afetação refinada. Margolis fez uma pausa após dizer seu nome, como se antecipando uma reação de surpresa. Levantou o rosto, esperando talvez por suspiros encantados ou mãos estendidas. Camb limitou-se a fazer um discreto gesto de assentimento. O visitante tossiu ligeiramente e passou a língua pelos lábios secos.

— Talvez pudesse me dizer como encontrar uma faxineira.

Nem cão, nem carteira, nem fusíveis, nem informações secretas. O homem queria simplesmente alguém para limpar a sua casa. Um anticlímax ou uma salutar lição de que não se deve tirar conclusões óbvias. Burden sorriu consigo mesmo. Onde ele achava que estava? Numa agência de empregos? Numa repartição de Ajuda ao Cidadão?

Camb, que raramente ficava desconcertado, sorriu cordialmente para Margolis. O inquiridor se sentiu encorajado, mas Burden sabia que o sorriso encobria uma resignação filosófica à máxima segundo a qual é necessário todo tipo de gente para se construir um mundo.

— Bem, senhor, a agência do Ministério do Trabalho fica a apenas cinco minutos daqui. Desça a York Street, passe a Joalheria Joy e a achará perto da oficina Red Star. Pode tentar lá. O que acha de colocar um anúncio no jornal local ou um cartão na vitrine do Grover?

Margolis franziu as sobrancelhas. Seus olhos eram azuis esverdeados muito claros, a cor de um ovo de passarinho e, como um ovo de passarinho, salpicados de pintas marrons.

— Sou péssimo nessas coisas práticas — disse vagamente, e os olhos percorreram a espalhafatosa decoração do vestíbulo. — Sabe, normalmente minha irmã cuidaria disso, mas ela foi embora terça-feira, ou acho que foi.

Suspirou, jogando todo o peso do corpo contra o balcão.

— E este é outro problema. Acho que estou precisando de muita ajuda agora mesmo.

— O Ministério do Trabalho, senhor — disse Camb firmemente, e recuou para pegar papéis que voaram quando o detetive Drayton entrou.

---

* *Cockney*, dialeto dos londrinos dos bairros pobres. (N. T.)

— Terei de mandar ver estas portas. Puro desperdício, ligar o aquecimento.

Margolis não fez menção de sair. Viu o sargento girar os trincos cromados, agachando-se para examinar a lingüeta esférica.

— Gostaria de saber o que Ann faria — disse desamparadamente. — É tão pouco característico dela sair deste jeito e me deixar nessa confusão.

Com a paciência se esgoando rapidamente, Burden disse:

— Se não há nenhum recado para mim, sargento, vou para Sewingbury. Venha comigo, Drayton.

— Nenhum recado, mas ouvi dizer que Monkey Matthews está fora.

— Achei que ele estaria.

O aquecedor do carro era bem possante e Burden se viu desejando vagamente que Swingbury fosse a oitenta quilômetros, não a oito. A respiração deles começava a embaçar as janelas quando Drayton entrou na Kingsbrook Road.

— Quem é Monkey Matthews, senhor? — perguntou, acelerando ao ultrapassarem o perímetro urbano.

— Você não está conosco há tanto tempo, não é? Monkey é um patife, um ladrão, um pequeno contraventor. Foi preso ano passado por tentar explodir alguém. De um modo primário, e com uma bomba caseira. Tem cinqüenta e tantos anos, é feio e tem várias fraquezas, inclusive é mulherengo.

Sem sorrir, Drayton disse:

— Ele não parece muito humano.

— Ele parece um macaco — disse Burden rudemente. — Se é isto que quer dizer.

Não havia razão para que um simples pedido de informação oficial se transformasse numa conversa. Era culpa de Wexford, pensou, ter simpatizado com Drayton e ter deixado isso transparecer. Assim que se começa a fazer piadas com subordinados e a se mostrar amigo, eles tiram vantagem. Virou as costas para Drayton para olhar a paisagem hibernal dos prados, dizendo friamente:

— E ele fuma como uma chaminé e tem uma tosse cavernosa. Freqüenta o Piebald Pony em Stowerton. Continue a procurá-lo e não pense que não vai encontrá-lo, pois vai mesmo.

Melhor falar desse modo, sem sentimentalismo, em vez de dar-lhe a versão muito colorida de Wexford. O inspetor-chefe gostava da camaradagem peculiar que tinha com tipos como Monkey, e estava tudo bem para a posição dele. Deixe Drayton ver o lado engraçado e quem sabe onde terminará. Deu uma olhada no perfil trigueiro e severo do jovem. Essas pessoas reservadas e perspicazes são todas iguais, pensou, uma massa de nervos e complexos lá dentro.

— Paramos primeiro no Knobby Clark, senhor?

Burden fez que sim com a cabeça. Até onde Drayton deixaria seu cabelo crescer? Por semanas, até que ele parecesse um baterista de um daqueles grupos *pop*? É claro que Wexford estava certo ao dizer que não queria que tudo e todos reconhecessem um policial, óbvio devido à sua capa de chuva e aos seus sapatos, mas o casaco de lã grosseira recoberta de pêlo grosso era demais. Coloque Drayton ao lado de um bando de vigaristas e não será possível distingui-lo dos outros.

O carro parou em frente a uma pequena joalheria de segunda classe.

— Não na faixa amarela, Drayton — disse Burden rispidamente antes que o freio de mão fosse puxado.

Entraram. Um homem corpulento, muito baixo, com uma mancha roxa cobrindo-lhe a testa e a maior parte da careca, estava atrás de uma mesa com tampo de vidro examinando um bracelete e um anel.

— Manhã fria e detestável — disse Burden.

— Horrível, Sr. Burden.

Knobby Clark, joalheiro e receptador ocasional de objetos roubados, deu um ou dois passos. Ele era muito baixo para ver por cima do ombro da mulher cujas jóias estava avaliando. Toda a sua cabeça maciça apareceu, e parecia um enorme vegetal, um nabo talvez ou uma couve-rábano, sendo esta impressão aumentada pelo escabroso sinal de nascença.

— Não se apresse — disse Burden. — Tenho o dia todo.

E dirigiu sua atenção para uma vitrine de relógios de pêndulo. A mulher com quem Knobby estava regateando era, ele poderia jurar, indiscutivelmente respeitável. Usava um grosso casaco de *tweed* abaixo do joelho apesar de ser jovem, e a bolsa da qual retirara as jóias, embrulhadas num fino lenço de mão liso, parecia cara. Suas mãos tremiam um pouco e Burden viu que usava uma aliança. O tremor poderia ser culpa do frio intenso na loja sem aquecimento de Knobby, mas apenas o nervosismo poderia ser responsável pelo tremor em sua voz, nervosismo e a natural relutância de uma mulher como ela por estar naquele lugar.

Pela segunda vez naquele dia, ele foi surpreendido por uma entonação e um sotaque.

— Sempre me deram a entender que o bracelete era valioso — disse ela, que parecia envergonhada. — Todos os presentes que meu marido me deu eram muito bons.

— Depende do que a senhora considera valioso — disse Knobby, e Burden sabia que o tom insinuante, o modo servil que encobria uma inacessibilidade granítica, tinha o objetivo de tirar vantagem. — Direi o que farei, darei dez pelo lote.

Na gelada atmosfera, a respiração rápida da mulher fazia fumaça.

— Ah, não, eu não poderia.

Ela juntou as mãos, dando-lhes mais firmeza, mas elas se atrapalharam com o lenço, e o bracelete tiniu no vidro.

— Como queira — disse Knobby Clark, que olhou indiferente para a bolsa que estava sendo fechada. — Agora, então, Sr. Burden, o que posso fazer pelo senhor?

Por alguns instantes, Burden nada respondeu. Sentia a humilhação da mulher, desapontamento que parecia mais dor de amor do que orgulho ferido. Ela passou por ele com um gentil "Desculpe-me", colocando as luvas e mantendo aquela postura discreta que se diz ser disciplina de freira. Perto dos quarenta, ele pensou, não mais bonita, enfrentando tempos difíceis. Ele abriu a porta para ela.

— Muito obrigada — falou a mulher, não efusivamente, mas com uma certa surpresa, como se há muito tempo tivesse tido atenções desse tipo e achasse que haviam terminado para sempre.

— Então não viu nada dessas coisas? — perguntou Burden asperamente, colocando a lista dos cristais roubados embaixo do nariz rombudo de Knobby.

— Já disse ao seu jovem companheiro, Sr. Burden.

Drayton retesou-se um pouco, os músculos de sua boca enrijeceram.

— Acho que vou dar uma olhada.

Knobby abriu a boca para reclamar, mostrando obturações cheias de ouro, que parecia o metal dos relógios.

— Não comece a exigir um mandado. Está muito frio.

A busca não deu em nada. As mãos de Burden estavam vermelhas e duras, quando eles saíram da sala dos fundos.

— Como a caverna de Aladim no Ártico — resmungou. — OK, é tudo, por hora.

Knobby era um informante ocasional, assim como um receptador. Burden pôs a mão no bolso do colete onde sua carteira perturbava ligeiramente o talhe do terno novo.

— Tem alguma informação para nós?

Knobby virou a cabeça em forma de vegetal.

— Monkey Matthews está fora — falou confiante.

— Diga-me algo que não sei — respondeu Burden rispidamente.

As portas giratórias haviam sido consertadas quando eles voltaram. Agora era difícil abri-las. O sargento Camb estava sentado em frente à máquina de escrever, de costas para o balcão, com um dedo levantado no ar quente e uma expressão perturbada. Quando viu Burden, disse tão furioso quanto sua natureza animal permitia:

— Acabo de me livrar dele.

— Livrar-se de quem?

— Daquele palhaço que chegou quando o senhor saía.

Burden riu.

— Não devia ser tão compreensivo.

— Reconheço que ele pensou que eu ia mandar o policial Peach para limpar a casa dele se ele insistisse muito. Ele vive no Chalé do Marmeleiro em Pump Lane, mora lá com a irmã, só que ela se mandou e o deixou sozinho. Foi a uma festa terça-feira à noite e não voltou mais.

— E ele veio aqui porque queria uma *faxineira*?

Burden estava um pouco intrigado, mas ninguém desejava aumentar a lista de Pessoas Desaparecidas se isto pudesse ser evitado.

— "Não sei o que fazer", disse ele. "Ann nunca sai sem deixar um bilhete". Ann isto, Ann aquilo. O tipo "Eu sou o guardião do meu irmão?"

O sargento era um homem loquaz. Burden não podia deixar de pensar o quanto a própria tagarelice de Camb contribuíra para a longa diatribe de Rupert Margolis.

— O inspetor-chefe está? — perguntou.

— Acaba de chegar, senhor.

Wexford vestia seu sobretudo, aquele horrível sobretudo cinza que nunca estaria na lavanderia quando chegasse uma onda de frio, porque nunca era lavado. Sua cor e sua aparência gasta, com textura de couro, aumentavam a impressão elefantina do inspetor-chefe, que naquele instante descia pesadamente as escadas, com as mãos nos bolsos, que permaneciam deformados mesmo quando vazios.

— Vamos ao Carousel almoçar, senhor? — perguntou Burden.

— Pode ser.

Wexford empurrou a porta giratória e tornou a empurrá-la quando ela prendeu. Com um meio sorriso, Camb voltou intimamente satisfeito para sua máquina de escrever.

— Alguma coisa? — perguntou Burden quando o vento os atingiu ao passarem pelos jacintos plantados em vasos.

— Nada de especial — disse Wexford, ajustando o chapéu mais firmemente na cabeça. — Monkey Matthews está fora.

— É verdade? — indagou Burden, e estendeu a mão para sentir os primeiros pingos da chuva gelada.

3

O FATO DE o inspetor-chefe Wexford estar sentado a sua mesa de pau-rosa lendo o suplemento de fim de semana do *Daily Telegraph* numa manhã de sexta-feira era uma indicação de que as coisas em Kingsmarkham estavam mais calmas do que o normal. Uma xícara de chá estava à sua frente, o aquecimento central funcionava maravilhosamente e as novas cortinas artesanais azuis e cinzas estavam fechadas para esconder a forte chuva. Wexford passou os olhos por uma reportagem sobre as praias de Antigua, aproximando o abajur do canto para iluminar a página. Seus olhos pequenos da cor de pedra lapidada assumiram um brilho zombeteiro quando focalizaram um anúncio exuberante de roupas e artigos pessoais. Seu próprio terno era cinza, um jaquetão puído debaixo dos braços e torcido nos bolsos. Ele virou as páginas, um pouco aborrecido. Não estava interessado em loções para após a barba, óleos para cabelos, dietas. Corpulento e pesado, sempre fora gordo e sempre o seria. Tinha um rosto feio, o rosto de um Sileno com um nariz chato e a boca larga. De acordo com os clássicos, Sileno era a companhia constante de Baco, mas o mais perto que Wexford jamais chegara de Baco fora um drinque ocasional com o inspetor Burden no Olive and Dove.

A duas páginas do final, um artigo chamou a sua atenção. Ele não era um homem inculto, e a moda contemporânea de investir em obras de arte começara a interessá-lo. Estava vendo as fotografias coloridas, duas de quadros e uma de um pintor, quando Burden entrou.

— As coisas devem estar calmas — disse Burden ao ver o suplemento do *Telegraph* e a pilha de correspondência espalhada na mesa de Wexford.

Ficou atrás do inspetor e olhou por cima do seu ombro.

— Este mundo é pequeno.

Algo em sua voz fez Wexford olhar para cima e levantar uma sobrancelha.

— Este sujeito esteve aqui ontem — disse Burden, colocando o dedo na fotografia.

— Quem? Rupert Margolis?

— Ele é pintor? Pensei que fosse um garotão moderno.

Wexford sorriu.

— Aqui diz que ele é um gênio de vinte e nove anos de idade cujo quadro *O Crepúsculo do Nada* acaba de ser comprado pela Tate Gallery.

Voltou ao jornal.

— "Margolis, cujo quadro *Descrição do Lobo* é contemporâneo do Teatro da Crueldade, usa pó de carvão e folhas de chá em seu trabalho, assim como tinta. Tem atração pelas maravilhosas texturas múltiplas das coisas no lugar errado, etc., etc.". Vamos, vamos, Mike, não olhe desse jeito. Vamos manter a mente aberta. O que ele veio fazer aqui?

— Procurar faxineira.

— Oh, agora somos uma agência de serviços domésticos? O Escritório das vítimas de Burden.

Rindo, Burden leu alto o parágrafo marcado pelo grosso polegar do inspetor-chefe.

— "Alguns dos melhores trabalhos de Margolis são fruto de uma permanência de dois anos em Ibiza, mas no último ano ele e sua irmã Anita estabeleceram-se em Sussex. Margolis trabalha num estúdio do século XVI, a sala adaptada do Chalé do Marmeleiro, Kingsmarkham, e foi lá, sob o pé de marmelo vermelho-sangue, que ele deu à luz, após seis meses de dolorosa gestação, a sua obra-prima, ou *Nada*, como ele extravagantemente a chama."

— Muito obstétrico — disse Wexford. — Bem, isto não é para nós, Mike. Não podemos nos dar ao luxo de dar à luz nada.

Mas Burden se sentara com a revista nos joelhos.

— Interessante isto — disse. — "Anita, uma ex-modelo e figura social de Chelsea, é freqüentemente vista na High Street de Kingsmarkham, fazendo compras, com seu carro esporte branco Alpine. . .” Nunca a vi e, uma vez vista, nunca esquecida, suponho. Ouça: “Vinte e três anos, morena e interessante, com fascinantes olhos verdes, ela é a Ann do retrato de Margolis, pelo qual um colecionador sul-americano ofereceu duas mil libras. Sua dedicação ao trabalho de Margolis é a inspiração de alguns de seus melhores trabalhos, e, dizem, foi o que a levou a romper, há seis meses, seu noivado com o escritor e poeta Richard Fairfax.”

Wexford pegou seu exemplar da escultura de cristal que, com a escrivaninha e as cortinas, a delegacia recebera recentemente.

— Por que não compra o *Telegraph* se está tão interessado? — resmungou.

— Só estou lendo porque é local — disse Burden. — É estranho como as coisas acontecem ao seu redor e você não sabe.

Wexford citou sentenciosamente:

— “Muitas jóias do mais puro e plácido fulgor, as escuras cavernas insondáveis do oceano produzem.”

— Nada sei sobre escuras cavernas insondáveis.

Burden era sensível às críticas à sua cidade natal. Fechou a revista.

— Ela é uma jóia, sim. Morena e interessante, fascinantes olhos verdes. Vai a festas e não volta para casa. . .

O olhar de Wexford foi direto e duro, e a pergunta soou como um grito.

— O quê?

Surpreso, Burden levantou os olhos.

— Disse que ela vai a festas e não volta para casa.

— Ouvi o que disse.

Havia uma sutil ansiedade na impaciência de Wexford. A zombaria presente em sua voz enquanto estivera lendo quase se fora, e ele ficou repentinamente alerta.

— Ouvi o que disse. Quero saber por que o disse. Como sabe?

— Como disse, o gênio veio à procura de uma faxineira. Ficou conversando com Camb e disse que a irmã foi a uma festa terça-feira à noite e desde então ele não mais a viu.

Wexford levantou-se vagarosamente. O rosto marcado estava espantado e havia algo mais. Dúvida? Medo?

— Terça-feira à noite? — indagou sombriamente. — Tem certeza que foi terça-feira à noite?

Burden não gostava de segredos entre colegas.

— Olhe, senhor, ele nem registrou o desaparecimento dela. Por que o pânico?

— Pânico o diabo! — respondeu quase gritando. — Mike, se seu nome é Ann e se ela sumiu terça-feira à noite, isto é sério. Não tem nenhum retrato *dela* aqui?

Wexford folheou ansiosamente a revista, tirando-a rudemente de Burden.

— Nenhum retrato — falou desapontado. — Quanto quer apostar que o irmão também não tem um?

Burden disse paciente:

— Desde quando ficamos excitados porque uma moça soltei-ra, uma moça bonita, provavelmente rica, decide fugir com um namorado?

— Desde agora — disse Wexford rispidamente. — Desde esta manhã, desde isto.

A correspondência, o correio matutino de Wexford, parecia uma pilha de lixo, mas ele encontrou o envelope certo e o entregou a Burden.

— Não gosto nada disso, Mike.

Tirou uma folha de papel grosso dobrado. A escultura de cristal azul-escuro e translúcido lançou sobre o papel um reflexo brilhante, amorfo como um borrão de tinta.

— As coisas não estão mais tranqüilas — disse.

Era uma carta anônima, que se achava onde a revista estivera, escrita à mão com caneta esferográfica vermelha.

— Sabe que recebemos um bocado delas — disse Wexford. — Eu ia jogá-la na cesta do lixo.

Uma caligrafia inclinada para trás, letra grande, obviamente disfarçada. O papel não era sujo nem as palavras obscenas. O desagrado de Burden devia-se apenas à covardia do autor e a seu desejo de fazer fofoca sem se comprometer.

Ele a leu para si mesmo.

Uma moça chamada Ann foi morta nesta área entre oito e onze horas terça-feira à noite. O homem que fizera isso é baixo, moreno, jovem e tem um carro preto. Chama-se Geoff Smith.

Largando-a com uma careta, pegou o envelope.

— Foi colocada no correio de Stowerton às dez para uma de ontem. Não muito discreto da parte dele escrever. Pela nossa experiência, o costume geral é cortar palavras dos jornais.

— Você acredita na infalibilidade dos especialistas em caligrafia? — zombou Wexford. — Já ouviu falar em algum desses caras que deu uma opinião firme, de um modo ou de outro, Mike? Eu não. Se sua ficha não tem uma amostra de sua caligrafia normal, é melhor você economizar jornal e tesoura. Faça uma letra inclinada para trás, se normalmente ela é inclinada para a frente, escreva com letras grandes, se em geral tem letra pequena, e estará perfeitamente incógnito, seguro como uma casa. Não, mandarei isto ao laboratório, mas ficarei muito surpreso se puderem me dizer qualquer coisa que eu mesmo já não tenha deduzido. Só uma coisa não deduzi. Há apenas uma coisa que me levará a meu correspondente.

— O papel — disse Burden confiante.

Ele sentiu sua grossa superfície e sua marca d'água sedosa.

— Exatamente. É feito a mão e, a não ser que eu esteja muito enganado, quem a escreveu não é o tipo de homem que compra papel feito a mão. É um camarada ignorante, veja aquele "fizera isto".

— Ele pode trabalhar numa papelaria — disse Burden cautelosamente.

— É mais provável que trabalhe para alguém que comprou este papel numa papelaria.

— Um empregado, quer dizer? Isto reduz bastante o campo. Quantas pessoas por aqui têm empregados do sexo masculino?

— Muitas têm jardineiro, Mike. As papelarias devem ser nosso ponto de partida e só precisaremos investigar as de alta classe. Isto elimina Kingsmarkham. Não consigo ver Braddon vendendo papel feito a mão, e muito menos Grover.

— Está levando tudo isto muito a sério, senhor.

— Estou. Quero Martin, Drayton, Bryant e Gates aqui, porque esta é uma carta anônima que não posso tratar como uma piada. Você, Mike, é melhor ver o que pode arrancar do gênio de vinte e nove anos.

Ele sentou-se ao lado de Burden, atrás da escrivaninha, quando todos estavam reunidos.

— Não os estou tirando de suas tarefas normais — começou. — Ainda não. Peguem o registro eleitoral e façam uma lista de todos os Geoffrey Smith do distrito. Particularmente de Stowerton.

Quero todos checados hoje, e quero saber se algum é baixo e moreno e tem um carro preto. Isto é tudo. Não apavorem as mulheres, por favor, e não insistam para olhar as garagens. Apenas uma investigação casual. Mantenham os olhos abertos. Dê uma olhada neste papel, sargento Martin, e se encontrar algum como ele numa papelaria, quero que o traga para comparação...

Depois que eles se foram, Burden disse amargamente:

— Smith! Eu pergunto, Smith!

— Algumas pessoas realmente se chamam Smith, Mike.

Dobrou a revista colorida com a fotografia de Margolis e guardou-a cuidadosamente numa gaveta da escrivaninha de pau-rosa.

— Se eu pelo menos achasse os fósforos — disse Rupert Margolis — faria uma xícara de café.

Procurou desorientadamente entre louça suja, garrafas de leite destampadas, embalagens amassadas de comida congelada na mesa da cozinha.

— Havia alguns aqui terça-feira à noite. Cheguei cerca de onze horas e todas as luzes estavam queimadas. Isto não é raro. Havia uma enorme pilha de jornais aqui e eu a peguei e coloquei lá fora, na porta dos fundos. Nossas lixeiras estão sempre cheias. Mas achei os fósforos, cerca de quinze caixas, embaixo dos jornais — suspirou forte. — Deus sabe onde estarão agora.

— Tome.

Burden estendeu-lhe uma das caixas de fósforos que Olive and Dove distribuía junto com os drinques.

Margolis jogou um coador cheio de pó negro bolorento na pia. A sujeira grudou no lado da pia e numa berinjela que flutuava num prato com água suja.

— Agora deixe-me dar um jeito nisso.

Ele levara meia hora para conseguir informações relevantes de Margolis, e mesmo agora não tinha certeza se as conseguira.

— Sua irmã, cujo nome é Anita ou Ann, ia a uma festa dada pelo Sr. e Sra. Cawthorne da oficina Cawthorne em Stowerton terça-feira à noite. Quando o senhor chegou em casa, às onze horas, tendo estado fora desde as três, ela não estava, nem seu carro, seu carro esporte branco Alpine que em geral fica estacionado na calçada, certo?

— Certo — respondeu Margolis, preocupado.

A cozinha não tinha teto, apenas um telhado de metal ondulado apoiado em velhos troncos. Ele estava sentado na ponta da mesa olhando fixamente as teias de aranha penduradas e movendo a cabeça cuidadosamente junto com o movimento desses oscilantes fiapos cinzas, agitadas pelo vapor que subia da cafeteira.

Burden continuou firmemente.

— O senhor deixou a porta de trás destrancada e foi dormir, mas foi acordado logo depois pelo telefonema do Sr. Cawthorne perguntando por sua irmã.

— Sim. Fiquei muito irritado. Cawthorne é um velho tremendamente chato. E eu só falo com ele quando é absolutamente indispensável.

— Não ficou nem um pouco preocupado?

— Não. Por que deveria? Pensei que ela mudara de idéia e fora a algum outro lugar.

O pintor levantou-se de seu assento e abriu a torneira de água fria sobre duas imundas xícaras de chá.

— Por volta de uma hora — disse Burden — você foi acordado de novo por luzes que brilharam no teto do seu quarto. Achou que eram os faróis do carro de sua irmã, já que mais ninguém vive em Pump Lane, mas não se levantou. . .

— Voltei a dormir imediatamente. Estava cansado, sabe?

— Sim, acho que você disse que esteve em Londres.

O café estava surpreendentemente bom. Burden tentou ignorar as crostas na borda da xícara e o saboreou. Alguém estivera mergulhando colheres molhadas no açúcar que, aparentemente, algumas vezes estivera em contato com uma faca suja de geléia.

— Eu saí às três — falou Margolis com o rosto vago e sonhador. — Ann estava aqui. Ela me disse que não estaria quando eu voltasse e para eu não esquecer minha chave.

— E as esqueceu, Sr. Margolis?

— É claro que não — disse o pintor, de repente irritado —, não sou louco.

Bebeu seu café de um gole e um pouco de cor surgiu em seu rosto pálido.

— Deixei meu carro na estação de Kingsmarkham e fui ver o tal homem sobre um *show* que estou fazendo.

— Um *show*? — perguntou Burden, perplexo, pois a palavra, para ele, evocava visões de dançarinas e comediantes em traje a rigor.

— Uma exposição, então — disse Margolis impaciente. — Do meu trabalho. Realmente, vocês são um bando de ignorantes. Pensei isso ontem quando ninguém parecia saber quem eu era.

Olhou para Burden com triste desconfiança, como se duvidasse de sua eficiência.

— Como estava dizendo, fui ver o tal homem. Ele é o gerente da Galeria Morissot em Knightsbridge, e, quando terminamos nossa conversa, sem que eu esperasse ele me convidou para jantar. Mas a viagem me deixara completamente exausto. O tal homem da galeria é um tremendo chato e foi muito tedioso ficar sentado lá ouvindo-o falar. Eis por que, quando vi os faróis do carro de Ann, não me dei ao trabalho de me levantar.

— Mas ontem de manhã o senhor viu o carro na rua.

— Todo molhado e sujo, com o *New Statesman* colado no pára-brisa — suspirou Margolis. — Havia papel por todo o jardim. Suponho que o senhor não poderia mandar alguém limpar, poderia? Ou fazer com que a junta administrativa o fizesse?

— Não — disse Burden firmemente. — O senhor não saiu na quarta-feira?

— Fiquei trabalhando. Durmo muito — disse Margolis, e acrescentou vagamente: — Em horas estranhas, sabe? Achei que Ann chegara e saíra. Vivemos nossas próprias vidas.

Sua voz atingiu repentinamente um tom agudo. Burden começou a matutar se ele não era meio maluco.

— Mas estou perdido sem ela. Ela nunca sai assim sem dizer nada!

Levantou-se abruptamente, derrubando uma garrafa de leite no chão. O gargalo quebrou e o soro do leite coalhado começou a correr pelo capacho de fibra de coco.

— Oh, Deus, vamos para o estúdio se o senhor não quiser mais café. Não tenho uma fotografia dela, mas poderia mostrar-lhe o retrato que pintei, se acha que poderia ajudar.

Havia provavelmente vinte quadros no estúdio, um deles tão grande que enchia toda uma parede. Burden só vira um maior uma vez na vida, *A Ronda da Noite* de Rembrandt, visto rapidamente numa viagem de um dia a Amsterdã. À sua superfície, dando uma aparência tridimensional às selvagens figuras saltitantes, aderiam outros materiais que não a tinta, algodão em rama, estilhas de metal e tiras de jornal amassado. Burden decidiu que preferia *A Ronda da Noite*. Se o retrato fosse no mesmo estilo desse quadro, não ajudaria na identificação. A moça teria um olho, uma boca verde e um limpador de caçarola saindo da orelha.

Sentou-se numa cadeira de balanço, tirando antes do assento um sujo porta-torradas prateado, um tubo de tinta amassado e um instrumento de sopro de madeira de origem vagamente mediterrânea. Jornais, roupas, xícaras e pires sujos, garrafas de cerveja cobriam todas as superfícies, e em alguns lugares estavam jogados no chão. Ao lado do telefone, narcisos mortos num vaso de vidro cheio até a metade com água verde, e um deles, com a haste quebrada, tinha o cálice amassado e a campânula caída em cima de um grande pedaço de queijo.

Logo Margolis voltou com o retrato. Burden teve uma agradável surpresa. Era pintado ao modo convencional, no estilo de John, apesar de ele não saber disso, e mostrava a cabeça e os ombros de uma moça. Seus olhos eram como os do irmão, azuis com um toque de jade, e os cabelos, tão negros quanto os dele, desciam-lhe pelas faces como duas acentuadas meias-luas. O rosto era como o de um falcão, se a cara de um falcão também pode ser doce, suave e linda, a boca fina mas cheia e o nariz beirando o aquilino. Margolis captara, ou dera-lhe, uma inteligência impetuosa. Se ela já não estivesse morta tão jovem, pensou Burden, seria um dia uma velha formidável.

Ele tinha a incômoda sensação de que se deve sempre elogiar um trabalho quando mostrado por seu criador, e disse sem jeito:

— Muito bonito. Extremamente bom.

Em vez de mostrar gratidão ou se sentir gratificado, Margolis respondeu simplesmente:

— Sim, é maravilhoso. Um de meus melhores trabalhos.

Colocou o quadro num cavalete vazio e olhou para ele com um ar de felicidade, recuperando o bom humor.

— Agora, Sr. Margolis — disse Burden severamente —, num caso como este, normalmente perguntamos aos parentes onde acham que a pessoa desaparecida poderia estar.

O pintor assentiu sem se voltar.

— Por favor, concentre-se, senhor. Onde acha que está sua irmã?

Percebeu que seu tom se tornara cada vez mais duro, mais professoral, à medida que a conversa progredia, e repentinamente começou a se perguntar se não estava sendo muito precipitado. Desde sua chegada ao Chalé do Marmeleiro estivera com a reportagem do jornal na cabeça, mas apenas como uma orientação, como informações sobre o irmão e a irmã que só poderiam ter sido dadas por Margolis após horas de interrogatório. Agora ele se lembrava por que aquela reportagem fora escrita e o que Margolis era. Estava na presença de um gênio, ou, se isto fosse exagero do jornalista, de um grande talento. Margolis não era como os outros homens. Em seus dedos e em seu cérebro havia algo que o diferenciava, algo que poderia não ser totalmente reconhecido e apreciado até muito tempo depois da morte do pintor. Burden teve uma sensação de alívio, um estranho respeito que não se harmonizava com a enorme bagunça que o cercava e com a criatura pálida que parecia um *beatnik* e que poderia ser, no futuro, um Rembrandt. Quem era ele, um policial provinciano, para julgar, para zombar e colocar-se entre os ignorantes? Com voz branda, repetiu a pergunta:

— Onde o senhor acha que ela está, Sr. Margolis?

— Com algum de seus namorados. Ela tem dúzias deles.

Ele voltou-se e seus olhos opacos pareciam estar fora de foco e sonhadoramente distante. Alguma vez Rembrandt teve contato com qualquer policial em sua época? Gênios eram mais comuns então, pensou Burden. Havia mais coisas em jogo e as pessoas sabiam como lidar com elas.

— Ou é o que eu *acharia* — continuou Margolis — se não fosse o bilhete.

Burden espantou-se. Também ele recebera uma carta anônima?

— Que bilhete? Um bilhete sobre sua irmã?

— Esta é a questão, não há um, e deveria haver. Sabe, ela várias vezes antes desapareceu assim; ela não me incomodava se eu estava trabalhando ou dormindo.

Margolis passou os dedos nos longos cabelos eriçados.

— E parece que não faço muito, além de trabalhar e dormir. Ela sempre deixa um bilhete num lugar bem visível, perto de minha cama ou em qualquer outro lugar.

Lembranças de casos anteriores da solicitude da irmã pareciam dominá-lo.

— Um bilhete bastante detalhado em geral, para onde ela foi e com quem, e o que fazer quanto à limpeza da casa e — e, bem, pequenas coisas que eu devia fazer, o senhor sabe.

Deu um sorriso sem graça que estacou quando o telefone tocou.

— Deve ser o velho chato Russell Cawthorne. Ele continua a me aborrecer, quer saber onde ela está.

Pegou o aparelho e descansou o cotovelo no pedaço de queijo mofado.

— Não, ela não está. Não sei onde ela está.

Olhando-o, Burden soube o que eram as "pequenas coisas" que a irmã recomendava. Mesmo algo tão simples como atender o telefone parecia levá-lo a um estado de misantropia mal-humorada.

— A polícia está aqui, se quer saber. É claro que direi se ela aparecer. Sim, sim, sim. O que quer dizer com nos veremos? Não gosto de pensar nisso nem por um momento. Nunca nos vemos.

— Oh, sim, o senhor o verá, Sr. Margolis — disse Burden baixinho. — O senhor e eu vamos agora visitar o Sr. Cawthorne.

4

Wexford comparou pensativamente as duas folhas de papel, uma escrita com caneta esferográfica vermelha, a outra nova e limpa. A textura, cor e marca d'água eram idênticas.

— É do Braddon, afinal de contas, senhor — disse o Sargento Murtin, um funcionário diligente cuja fisionomia exibia permanentemente um severo franzir de sobrancelhas. — O Grover só vende blocos e o que chama de cadernos de desenho. Braddon adquire este papel especialmente num lugar em Londres.

— Quer dizer que é encomendado?

— Sim, senhor. Por sorte só é fornecido a um cliente, uma Sra. Adeline Harper que vive na avenida Waterford, Stowerton.

Wexford balançou a cabeça.

— Bairro residencial de alta classe. Grandes casas fora de moda.

— A Sra. Harper está viajando, senhor. Tirando longas férias de Páscoa, de acordo com os vizinhos. Ela não tem empregado. Na realidade, o único empregado que tem é uma faxineira que trabalha às segundas, quartas e sextas-feiras.

— Será que ela poderia ser minha correspondente?

— São casas grandes, senhor, e bastante afastadas umas das outras. A avenida Waterford não é como uma vila ou um prédio de apartamentos onde todos se conhecem. Eles são reservados. Essa faxineira tem sido vista entrando e saindo, mas ninguém sabe seu nome.

— E se ela tem a mania de furtar pequenas coisas como papel de carta caro, sua patroa e os vizinhos nada sabem?

— Todos os vizinhos sabem — disse Martin um pouco frustrado com sua informação insuficiente — que ela é de meia-idade, veste-se com roupas vistosas e tem cabelos ruivos.

— Segundas, quartas e sextas... Suponho que ela continua a entrar na casa enquanto a patroa está viajando?

— E hoje é sexta-feira, senhor. Ela só vai de manhã e já tinha ido embora quando cheguei lá. "Acabo de vê-la sair", disse o vizinho. Corri para a estrada, mas ela já tinha sumido.

Wexford dirigiu sua atenção uma vez mais para as folhas de papel e para o relatório do laboratório sobre o papel. Nenhuma impressão digital fora encontrada na carta anônima, nenhum perfume; a caneta com a qual fora escrita era uma esferográfica barata que poderia ser comprada em qualquer papelaria da região. Ele tinha uma imaginação fértil, mas não conseguia adivinhar o que acontecera como pré-requisito para esta carta. Uma faxineira ruiva, cuja conduta aparentemente não estava acima de qualquer suspeita, vira algo ou ouvira algo que a levara a escrever para a polícia. Tal atitude era necessariamente estranha numa mulher do seu tipo, uma mulher que descobrimos ser uma ladra ocasional. No entanto, ela, ou alguém intimamente ligado a ela, escrevera. Medo ou ódio deve ter motivado seu ato.

— Fico pensando se poderia ser chantagem — falou Wexford.

— Não estou entendendo bem o que o senhor quer dizer.

— Porque sempre achamos que a chantagem será bem-sucedida, ou, de qualquer modo, bem-sucedida durante um certo tempo. Suponhamos que não tenha de modo algum sido bem-sucedida. Suponhamos que a mulher ruiva tentou pressionar Geoff Smith, mas ele não cedeu. Então, se ela é vingativa, põe em execução sua ameaça.

— Chantagistas sempre são vingativos, senhor — disse Martin lisongeiro. — Uma coisa odiosamente sórdida, se foi o que ocorreu. Pior que assassinato, senhor.

Uma excessiva mostra de respeito sempre irritava Wexford, especialmente num caso como este, quando vinha acompanhada de lugares-comuns que ele ouvira centenas de vezes antes.

— Este é o fim da primeira lição — disse rudemente. — Quer atender, por favor?

Martin pegou o telefone antes do final do segundo toque.

— O inspetor Burden, senhor.

Wexford pegou o aparelho sem se levantar. O fio esticado passava perigosamente perto de sua escultura de cristal.

— Tire aquilo dali — disse.

O sargento a pegou e colocou no estreito peitoril da janela.

— Sim — disse Wexford no bocal.

A voz de Burden soava espantada.

— Estou indo para a casa dos Cawthorne. Alguém pode vir aqui buscar o carro da Senhorita Margolis? Drayton, se ele não estiver ocupado. E será preciso revistar a casa.

Wexford o ouviu sussurrar:

— Está uma verdadeira bagunça, senhor. Não é de surpreender que ele queira uma faxineira.

— Queremos uma também — disse Wexford rispidamente —, uma com roupas vistosas e cabelos ruivos.

O telefone deu uns estalidos.

— Que é que esta acontecendo?

— O queijo caiu dentro de um vaso de flores.

— Nossa! — disse Wexford. — Sei o que quer dizer.

Mark Drayton desceu a escada da delegacia policial e atravessou a rua. Para chegar a Pump Lane tinha de atravessar toda a High Street e, quando chegou ao Grover, parou um momento para olhar a vitrine. Ele achava incrível o fato de Martin ter pensado, por um momento, que este lugar pudesse ser o fornecedor de papel feito à mão. Tinha um aspecto desagradável, quase sórdido, de uma loja das ruas das favelas de alguma cidade grande. Uma parede alta de tijolos e, entre ela e o florista vizinho, um beco com chão de pedras marrons levava a um suspeito depósito de latas de lixo e a duas garagens.

Na vitrine, as mercadorias pareciam ter sido arrumadas alguns anos antes, e desde então completamente esquecidas. A Páscoa transcorrera recentemente, e os cartões de Feliz Páscoa estavam expostos. Mas parecia acidental, do mesmo modo que um relógio com defeito pode marcar a hora certa duas vezes ao dia, porque também havia cartões de Natal, alguns amassados nos cantos e cobertos de poeira.

Plantas morrendo eram vistas entre os cartões. Talvez estivessem lá para serem vendidas ou talvez tivessem a equivocada intenção de decorar. A terra em redor de suas raízes desidratara-se, deixando um espaço vazio entre o solo e o vaso. Uma caixa contendo um jogo infantil se abrira, e o tabuleiro colorido estava pendurado numa prateleira. As fichas estavam no chão, misturadas com pregos enferrujados, confete derramado e folhas de papel amareladas. Drayton pensou que raramente vira o que poderia ser uma propaganda tão repelente e tão desencorajadora para os consumidores que passavam por ali.

Ele ia continuar seu caminho com uma careta de desagrado quando, através do sujo painel de vidro que separava a vitrine do interior da loja, viu uma moça atrás do balcão. Só conseguiu ver vagamente sua silhueta e seu claro cabelo brilhante. Ao hesitar, ligeiramente interessado, ela aproximou-se do painel e o abriu, pegando um pacote de cartões à esquerda da caixa de jogo infantil. Como não fez nenhuma tentativa de recolher as fichas ou de soprar a poeira da tampa da caixa, ele se irritou, pois era meticuloso em seu trabalho, cuidadoso com os utensílios de sua vida e de seu trabalho.

Porque sentiu repugnância e um desejo de tornar clara a desaprovação de pelo menos um freguês em potencial, levantou os olhos friamente e encontrou os dela. Imediatamente soube quem era. Um rosto que o assombrara por quatro dias e que era fracamente familiar, mas não especificamente identificado, o confrontava. Ele a encarou e sentiu uma onda de sangue quente no rosto. Ela não poderia saber que ele a vira antes, ou, se ela soubesse, não poderia estar a par de seus pensamentos sonhadores, inquisidores, sensuais que haviam acompanhado a constante lembrança de sua imagem diante dele em sua mente. Ela podia não saber, mas ele achava que ela sabia, porque idéias tão vividamente violentas não podiam ficar contidas no cérebro que as concebera e deviam, por algum processo telepático, ser comunicadas a seu objeto.

Ela não deu qualquer indício. Seus olhos cinzentos, grandes e lânguidos, encontraram os dele por um momento. Ela então pegou o pacote de baralho, ajoelhando-se na poeira e em cima do confete para alcançá-lo, e voltou para atender um freguês que esperava. Suas pernas eram longas e bastante finas. A poeira deixara manchas circulares cinzas em seus joelhos. Ele viu o painel se fechar vagarosamente atrás dela, e sua translucidez azulada, com marcas de dedos, obscureceu tudo, exceto a mancha de seu cabelo dourado-prateado.

Drayton cruzou o beco, evitando poças em cuja superfície escamosa óleo derramado fazia uma iridescência de arco-íris. Deu uma olhada nas portas das garagens, imaginando por que ninguém as pintava, já que a tinta era barata e já que fazer com que as coisas ficassem limpas e frescas era tão gratificante. Podia sentir o cheiro dos narcisos na caixa em frente à floricultura. Eles e a moça que acabara de ver compartilhavam a mesma qualidade de deliciosa frescura intocada e, como a moça, os narcisos floresciam na miséria. A suja e tosca caixa de madeira era, para eles, o que a sórdida loja era para ela, um feio e inadequado *background* para a excitante beleza.

Tudo o que vira iria fazer com que ele se lembrasse dela? Teria ele sentido o mesmo, com relação a ela, antes de segunda-feira à noite? Quando chegou à balaustrada da ponte e olhou para o atalho do rio, fez a si mesmo a mesma pergunta novamente. Provavelmente ele a vira algum dia fazendo compras no centro. Ela era o tipo de garota na qual qualquer homem prestaria atenção. Durante meses ela exercera sobre ele uma vaga atração. E então, segunda-feira à noite, ele passara por esse lugar e a vira beijando outro homem. Causou-lhe uma estranha sensação vê-la desarmada, vulnerável, abandonada a uma paixão que qualquer pessoa que estivesse passeando ao anoitecer poderia testemunhar. A cena mostrou que ela era de carne e osso, exposta à sensualidade e, em conseqüência, atingível, acessível a ele.

Suas silhuetas estavam refletidas na água escura; a do homem, que ele ignorou, e a dela, delgada, tremendo. Desde aquele momento a imagem da moça apossou-se dele, permanecendo pouco abaixo do consciente para perturbá-lo quando estava sozinho.

Seu próprio reflexo, mais nítido e mais real à luz da tarde do que fora o do casal no lusco-fusco, o encarava friamente. O rosto moreno, italianizado, com olhos atentos e boca curva nada mostrava de seus pensamentos. Seu cabelo era um tanto comprido, comprido demais para um policial, e ele usava um casaco de lã grosseira, felpuda, cinza-escuro sobre calças e pulôver. Burden tinha objeções ao casaco e ao cabelo, mas não podia achar nenhum defeito na economia de palavras de Drayton, nem em sua discrição, apesar de diferentes das dele.

A cabeça e os ombros refletidos se encolheram e se afastaram do parapeito da ponte. Drayton apalpou seus bolsos para ter certeza de que se lembrara das luvas. Era apenas uma formalidade; ele raramente esquecia alguma coisa. Voltou-se mais uma vez, mas tudo o que viu foram consumidores, carrinhos de bebê, bicicletas, uma parede alta de tijolos e um beco com lixo molhado no chão. Seguiu então para os arredores da cidade e Pump Lane.

Essa estrada secundária no interior de Kingsmarkham era nova para ele, mas, como as outras, apenas um túnel entre morros verdes encimados por altas árvores; uma estrada estreita que mal dava passagem para dois carros. Uma vaca com patas amarelo-claras olhou-o por cima da cerca. Drayton não se interessava por história natural, nem era dado a fazer reflexões pastoris. Seu olho foi atraído pelo carro esporte branco estacionado com meia roda no acostamento, a única coisa feita pelo homem à vista. A própria casa não era imediatamente visível. Ele então divisou, entre entrelaçados espinheiros verdejantes e abrunheiros com flores brancas, um minúsculo portão. Os galhos eram espinhosos e estavam molhados. Ele os levantou, encharcando os ombros. Macieiras com os troncos com líquen de um verde amargo suculento agrupavam-se na frente da casa, cuja descuidada brancura era realçada pelas flores muito coloridas de um alto arbusto, o marmeleiro que — apesar de Drayton não saber — dera o nome à casa.

Ele enfiou as luvas e entrou no Alpine. Apesar de ter poucos bens, respeitava as coisas materiais. Seria agradável ter um carro como aquele, um prazer dirigi-lo. Aborrecia-o o fato de sua proprietária aparentemente usá-lo como uma espécie de lata de lixo ambulante, jogando maços vazios de cigarros e fósforos queimados no chão. Drayton sabia que não devia tocar em mais do que o necessário, mas teve de tirar o jornal amassado colado no pára-brisa para poder dirigir. Galhos de espinheiro no teto afligiam-no quase tanto como se estivessem arranhando sua própria pele.

A tentação de pegar o caminho mais longo, passando pelo Forby, tinha de ser dominada. O tráfego não era pesado a esta hora do dia e sua única desculpa seria que ele queria se divertir. Drayton treinara estoicamente para resistir a tentações. A uma, ele sabia, logo sucumbiria, mas não a algo tão trivial.

Havia um casaco de pele amarelo com pintas marrons no assento. Exalava um forte perfume de mulher bonita, que fez Drayton pensar em amores passados e futuros. O carro deslizou maciamente. Ele alcançara o centro da High Street quando percebeu a agulha do manômetro subindo vagarosamente e de modo alarmante. Estava quase chegando no vermelho. Não havia oficinas nessa parte da avenida principal, mas ele se lembrou de ter visto um na York Street, logo após a Joalheria Joy e a agência de empregos.

Quando chegou lá, saiu do carro e levantou o capô. O vapor espirrou e ele recuou.

— O radiador está vazando — disse para o frentista.

— Vou pegar um pouco de água para o senhor. Vai ficar tudo bem se o senhor andar devagar. Vai para longe?

— Não.

A água começou a esfriar o radiador assim que foi despejada. Drayton estava quase no raio de visão da delegacia de polícia. Passou pela Joalheria Joy, com sua vitrine cheia de imitações de diamantes sobre veludo vermelho, e pelo Grover, mas não olhou. A poesia não fazia parte de sua volumosa e variada leitura, mas ele teria concordado que o amor do homem é uma coisa separada da vida do homem. Ele iria lá mais tarde, quando tivesse terminado sua tarefa.

A oficina de Cawthorne era um grande estabelecimento, muito maior do que o modesto lugar ao qual Drayton levara o carro de Anita Margolis. Dominava o cruzamento de Stowerton. Do telhado do salão de recepção ao topo do pequeno cubículo de vidro onde Cawthorne estava sentado diante da caixa registradora estava pendurada uma faixa amarela e escarlate: *"Três selos para quatro galões"*. Essas cores combinavam com a pintura das oito bombas e com o anúncio em neon no arco da entrada da oficina. Burden se lembrou de que, não há muito tempo, existia ali uma floresta de bétulas prateadas, e dos esforços da sociedade de preservação rural para impedir que Cawthorne ali se instalasse. As últimas bétulas se amontoavam ao lado da parede do salão de recepção como desnorteados aborígines cercados por um conquistador do novo mundo.

Em contraste, a casa atrás era velha. Um triunfo do renascimento gótico, exibia pináculos, torres, coruchéus e canos de esgoto agressivos. Antes conhecida como a Casa das Bétulas, o lar de duas irmãs solteiras, fora mobiliada por Cawthorne e a mulher com todas as monstruosidades vitorianas concebíveis. As cornijas eram enfeitadas com vasos de vidro canelado verde, pássaros empalhados e frutas de cera dentro de cúpulas. Cawthorne, depois de olhar com suspeita para Rupert Margolis, levou-os para a sala de visitas e foi chamar a mulher.

— É a última moda — disse Margolis melancolicamente. — Toda esta porcaria vitoriana.

Acima da lareira estava pendurado um quadro a óleo de uma mulher com roupas gregas segurando um lírio. Ele olhou-o com raiva.

— Cawthorne deve ter sessenta anos e sua mulher é uma bruxa. Eles são loucos por jovens. Acho que os jovens pensam que os dois ganharam estas coisas como presente de casamento — riu vingativamente.

Burden pensou que dificilmente conhecera alguém tão pouco caridoso, mas quando a Sra. Cawthorne entrou, começou a entender o que Margolis queria dizer. Ela era extravagantemente esbelta e usava um vestido bem curto com mangas curtíssimas. O cabelo era tingido de louro e penteado como a cabeça de um espanador de penas.

— Alô, Roo. Há quanto tempo.

Imediatamente Burden teve a certeza de que ela encontrara Margolis talvez apenas uma vez antes, e agora estava dando-lhe apelidos como um personagem de *Winnie the Pooh.* Uma caçadora de celebridades. Ela sentou-se sem cerimônia numa poltrona acolchoada e com botões, mostrando um bocado das pernas esqueléticas. Margolis não lhe deu a menor atenção.

— O que está acontecendo com Ann?

— Esperamos que possam ajudar-nos, Sra. Cawthorne — disse Burden sério, mas voltando os olhos para o marido dela.

Era um homem idoso, de bigodes brancos, com uma postura decididamente militar. Se a crescente moda entre os jovens, de usar uniformes militares, chegasse às gerações mais velhas, Cawthorne aderiria. Ficaria bem numa túnica hussarda.

— Os senhores deram uma festa terça-feira à noite, Sr. Cawthorne. A Srta. Margolis foi convidada. Acho que ela não veio.

— Certo — disse Cawthorne vivamente. — Ela passou por aqui à tarde, disse que sem dúvida viria. Não apareceu. Fiquei terrivelmente preocupado, posso garantir. Estou satisfeito por ver que o senhor foi chamado.

— Sim, e Dickie Fairfax veio de Londres só para vê-la — disse a Sra. Cawthorne, que chegou mais perto de Margolis. — Eles eram amigos. Amigos muito íntimos, devo acrescentar.

Ela piscou os olhos alvoroçada.

— Fairfax, o escritor?

Burden ouvira este nome pela primeira vez naquela manhã, mas não queria ser chamado de ignorante pela segunda vez naquele dia.

A Sra. Cawthorne aquiesceu com a cabeça.

— O pobre Dickie ficou bastante decepcionado quando ela não apareceu e foi embora por volta das onze.

— Deixou um de meus melhores copos de *brandy* numa bomba

de gasolina — disse Cawthorne asperamente. — Sujeito desgraçado, sem consideração.

— Mas ele esteve aqui toda a noite?

Entre oito e onze, pensou Burden. Esta era a hora crucial, se se podia confiar na carta anônima.

— Esteve aqui sim. Chegou às oito em ponto e começou a beber imediatamente.

— Você é tão mesquinho — disse a Sra. Cawthorne com desagrado. — Mesquinho e ciumento, só porque Ann preferiu Fairfax.

Ela deu uma risadinha.

— Ela e Russell têm algo especial.

Burden olhou para Margolis, mas o pintor estava completamente abstraído. A Sra. Cawthorne colocou um dedo ossudo nas costelas do marido.

— Ou pelo menos é o que ele diz, caçoando de si mesmo.

O sangue subiu ao rosto já rosado de Cawthorne. Seu cabelo era como lã branca ou como o pêlo de um *terrier* escocês.

De repente Margolis despertou. Falou com Burden como se não houvesse mais ninguém na sala.

— Ann deu o fora no Dickie há meses. Há outra pessoa agora. Estou tentando me lembrar do nome dele.

— Não é Geoff Smith, por acaso?

Burden olhou para os três, mas não viu nada além de surpresa. Ele decorara a informação daquela carta. *Ele é baixo, jovem, moreno e tem um carro preto. Chama-se Geoff Smith.* É claro que não era seu verdadeiro nome. Smith nunca era.

— Muito bem. Isto é tudo por enquanto. Obrigado pela ajuda de vocês.

— Não chamo isto de ajuda — riu a Sra. Cawthorne.

Ela tentou pegar na mão de Margolis, mas não conseguiu.

— Você ficará perdido sem ela, Roo. Mas se eu e Russell pudermos fazer alguma coisa. . .

Burden esperava que Margolis mantivesse o silêncio ou talvez dissesse algo rude Ele olhou desamparado para a Sra. Cawthorne sem vê-la.

— Ninguém nunca foi capaz de fazer nada.

Então saiu da sala com os ombros eretos. Durante um breve momento ele apreendeu a noção de gênio de Burden. Foi em frente, com Cawthorne atrás. O hálito do dono do posto cheirava a uísque. Ele tinha um rosto de soldado, bravo, saudável, um pouco estúpido.

Seu ar militar abrangia, pensou Burden, até seu nome. Durante todos aqueles anos passados, sua mãe o chamara de Russell porque soava tão bem com Cawthorne, augurando grandes coisas. General *Sir* Russell Cawthorne, K.C.B., D.S.O.*... Burden conhecia um pouco da história dele. O homem nunca vencera uma batalha ou mesmo liderara uma tropa. Tinha uma oficina.

— Estou procurando um Geoff Smith que pode ser um amigo da Srta. Margolis.

Cawthorne riu alto.

— Aposto que sim, mas nunca ouvi falar dele. Ela tem muitos amigos. Garota adorável, adorável motorista. Uma boa cabeça para negócios. Vendi para ela seu carro. Foi assim que nos conhecemos. Regateou, sabe, foi uma negociação dura. Admiro isso. É natural o fato de ela ter muitos namorados.

— O Sr. se incluiria entre eles?

Era grotesco. O homem passara dos sessenta. Porém, a palavra namorado hoje em dia podia ser usada com relação a um amante de qualquer idade. Era, em dois sentidos, um eufemismo.

Por um momento pareceu que Cawthorne nada diria, e quando ele o fez não foi para responder à pergunta.

— O Sr. é casado?

— Sou.

— Coisa terrível, não? — disse, fez uma pausa e olhou tristemente para um frentista que dava selos verdes de troco. — Envelhecer junto... Horrível!

Esticou os ombros como se pedindo atenção.

— Lembre-se, é seu dever ficar jovem o mais que puder. Anime-se, vá em frente, conviva com pessoas jovens. Assim se vence metade da batalha.

A única que ele jamais seria capaz de lutar.

— O Sr. "saiu" com a Srta. Margolis, Sr. Cawthorne?

O dono da oficina aproximou o rosto e o hálito de uísque de Burden.

— Uma vez. Apenas uma vez. Levei-a para jantar em Pomfret, no Hotel Cheriton Forest. Estúpido, realmente. O garçom me conhecia. Ele me vira lá com minha mulher. Eu estava fazendo os

---

* K.C.B.: Knight Commander (of the Order) of the Bath (Comendador da Ordem do Banho). D.S.O.: Distinguished Service Order (Condecoração por Serviço Relevante).

pedidos, sabe, e ele disse: "Sua filha também vai querer o salmão defumado, senhor?"

Por que fazer uma coisa como esta? Por que fazer papel de bobo? Burden não tinha tentações, poucos sonhos. Entrou no carro ao lado de Margolis, imaginando por que os indefesos se colocavam na linha de fogo.

Havia quadros na escada e nos degraus. A luz estava fraca e o Sargento Martin tropeçou em uma pilha de roupa suja no chão ao lado da porta do quarto de Anita Margolis.

— Nem cartas nem diários, Sr. — disse a Burden. — Nunca vi tanta roupa em toda a minha vida. É como uma... uma loja de fazenda.

— Uma butique, quer dizer — falou Drayton.

— Esteve em muitas, hem? — disse Burden rispidamente.

Drayton parecia o tipo que compraria roupas de baixo de *nylon* preto para suas mulheres sem se abalar. Através da porta, mantida entreaberta por uma sandália dourada, viu roupas espalhadas na cama e penduradas abarrotando dois armários.

— Se sua irmã tivesse ido embora por sua própria vontade — disse a Margolis — teria levado as roupas. Está faltando alguma coisa?

— Realmente não sei. É absolutamente inútil perguntar-me coisas como esta. Ann está sempre comprando roupa. Ela tem milhares.

— Há apenas uma coisa — disse Drayton. — Não vimos uma capa de chuva.

Martin concordou com a cabeça.

— É verdade. Peles e camurça, coisas de todos os tipos, mas nenhuma capa de chuva de mulher. Chovia a cântaros terça-feira à noite.

— Algumas vezes ela leva roupa — disse Margolis — e outras vezes não. É bem capaz de ter ido apenas como estava. Depois compraria o que precisasse.

Deixando-os para que terminassem sua busca, Burden seguiu o pintor até o andar debaixo.

— Então ela estava com dinheiro?

A mulher do retrato, a mulher que possuía esse enorme e aparentemente caro guarda-roupa, dificilmente se contentaria com algo muito diferente de Marks and Spencers. Ou o amante pagaria? Nesse caso, qualquer coisa era possível.

— Quanto ela tinha?

— Um de seus cheques chegou segunda-feira. Ela tem renda própria, sabe? Meu pai deixou toda a sua fortuna para ela. Ele não gostava de mim e eu não o suportava, assim ele deixou tudo para Ann. Eles lhe enviam a cada três meses.

Burden sorriu. Outra pessoa teria falado de uma renda particular, de pagamentos trimestrais.

— O Sr. sabe de quanto era o cheque?

— É claro — disse Margolis rabugento. — Não sou um débil mental. É sempre o mesmo, quinhentas libras.

— E ela estava com esse cheque?

Aqui, pelo menos, havia algo para investigar. Surgira o início de um motivo.

— Ela retirou o dinheiro logo que ele chegou — disse Margolis — e meteu-o em sua bolsa.

— Todas as quinhentas libras! — disse Burden, ofegante. — Quer dizer que ela saiu para uma festa com quinhentas libras na bolsa?

— Provavelmente. Ela sempre levava dinheiro consigo — disse Margolis, como se fosse a coisa mais natural do mundo. — Sabe, ela pode estar na rua e ver algo que queira comprar, então está sempre com dinheiro, não é? Ela não gosta de pagar com cheque porque fica a descoberto, e Ann é bastante classe média em algumas coisas. Fica preocupada se ficar sem fundos suficientes.

Quinhentas libras, mesmo em notas de cinco, fariam um grande volume numa bolsa de mulher. Ela teria sido cuidadosa ao abrir a bolsa? E a quem revelara o conteúdo? A mulher era completamente imoral também. Mulheres decentes tinham casas limpas e arrumadas. Eram ou casadas, ou tinham um emprego, ou as duas coisas. Mantinham seu dinheiro no banco. Burden pensou que podia imaginar o que ocorrera com Anita Margolis. Ela parara em uma loja ou em um posto de gasolina em seu caminho para a festa, abrira a bolsa e seu conteúdo fora visto por aquele patife Smith. Um patife boa pinta, provavelmente. Jovem, moreno e com um carro preto. Eles haviam saído juntos e ele a matara pelo dinheiro. O autor da carta vira, talvez tenha feito chantagem, chantagem que não funcionara?

Achar alguém com quem ela se encontrara casualmente seria quase impossível. Um namorado normal, especialmente se estava de caixa baixa, poderia preencher os requisitos.

— Lembrou-se do nome do sucessor de Fairfax? — perguntou.

— Alan qualquer coisa. Ele não tem dinheiro e é muito provinciano. Não sei o que ela vê nele, mas Ann tem uma forte atração pelo submundo, se entende o que quero dizer. Fitz qualquer coisa. Fitzwilliam? Não é exatamente Fitzwilliam, mas é algo parecido. Só falei com ele uma vez e foi o bastante.

Burden disse asperamente:

— O Sr. não parece gostar muito de ninguém.

— Gosto de Ann — disse Margolis triste. — Vou dizer-lhe quem poderia saber. A Sra. Penistan, nossa ex-faxineira. Eu deveria ir perguntar-lhe, e, se ela estiver querendo voltar a limpar este lugar, não a amedronte, está bem?

Caía uma fria garoa cinzenta quando eles saíram da casa. Margolis acompanhou Burden até o portão do jardim.

— Então o Sr. não conseguiu uma faxineira?

Atrás dele, a voz do pintor tinha um tom de orgulho infantil.

— Coloquei um anúncio na vitrine do Grover. Escrevi num pequeno cartão. Apenas meia coroa por semana. Realmente não posso imaginar por que as pessoas gastam todo aquele dinheiro na coluna de classificados do *The Times* quando este modo é tão barato e fácil.

— Perfeitamente — disse Burden, sufocando um desejo que despontara de gritar e bater o pé. — Essa Sra. Penistan não é ruiva, é?

Margolis encostou na cerca arrancando o fruto verde de um pé de marmelo. Colocou-o na boca e começou a mastigá-lo com evidente prazer.

— Ela sempre usava chapéu. Não sei de que cor é seu cabelo, mas posso dizer-lhe onde ela mora.

Ele parou, talvez à espera de congratulações por esse inesperado feito de memória. A expressão de Burden pareceu agradar-lhe, e ele continuou.

— Sei porque a levei para casa uma vez quando estava chovendo. É na Glebe Road à esquerda, após a quinta árvore e exatamente antes de se chegar à caixa do correio. Cortinas vermelhas no primeiro andar e. . .

Burden o interrompeu com um resmungo irritado. Se os gênios eram desse modo, já tivera o suficiente deles.

— Hei de encontrá-lo.

Poderia recorrer ao registro eleitoral. Penistan certamente era um nome tão raro quanto Smith era comum.

5

MARK DRAYTON ALUGARA um quarto perto da delegacia de Kingsmarkham. A senhoria era uma mulher maternal que gostava de fazer com que seus inquilinos se sentissem à vontade. Pendurava quadros nas paredes, colocava colchas floridas nas camas e espalhava pequenos enfeites, como se fossem sementes. Assim que se mudou, Drayton colocou todos os vasos e cinzeiros no fundo do armário. Não pôde se livrar da colcha. Ele queria que o quarto parecesse uma cela. Alguém — fora uma garota — lhe dissera que ele era frio, e desde então ele cultivara sua personalidade nessa direção. Gostava de pensar que era austero e sem emoção.

Era muito ambicioso. Quando chegara a Kingsmarkham decidira fazer com que Wexford gostasse dele, e conseguira. Cumpria meticulosamente todas as ordens de Wexford, ouvindo os sermões, palestras, divagações e gracejos do inspetor-chefe com a cabeça cortesmente inclinada. Atualmente o distrito lhe era tão familiar como sua cidade natal e usava sua carteirinha da biblioteca para estudar psicologia e medicina legal. Algumas vezes lia um romance, mas nada mais leve do que Mann ou Durrell. Esperava ser, um dia, comissário. Casaria com a mulher certa, alguém como a Sra. Wexford, bonita, quieta e graciosa. Wexford tinha uma filha, uma menina bonita e inteligente, diziam. Mas o seu era um longo caminho. Não tinha nenhuma intenção de se casar até que tivesse conseguido um cargo importante.

Sua atitude com relação às mulheres era uma fonte de orgulho para ele. Sendo muito narcisista, tinha pouca admiração por outras pessoas, e seu idealismo se resumia à sua própria carreira. Seus casos haviam sido práticos e frios. Em seu vocabulário, amar era um verbo banido, o mais obsceno dos palavrões. Nunca o usava entre "eu" e "você". Se por acaso sentia algo mais forte do que uma necessidade física, a chamava de desejo com complicações.

Isso, pensou, era o que sentia pela garota do Grover. Por isso estava indo para a loja agora comprar o vespertino. Talvez ela não estivesse lá. Ou talvez, quando ele a visse mais de perto, não através do vidro ou nos braços de alguém, tudo desaparecesse. Na verdade, esperava que isso acontecesse.

A loja ficava na parte de baixo de uma parede muito alta de tijolos marrons. Parecia à espreita, como se tivesse algo a esconder. Um lampião de rua com lanterna de ferro preto ficava ao lado da porta, mas a lâmpada ainda estava apagada. Quando Drayton abriu a porta, uma pequena sineta tilintou. O interior era sombrio e tinha um cheiro desagradável. Atrás da banca de livros e de uma geladeira enferrujada com a tabela de preços de sorvete pendurada torta, pôde ver as prateleiras de livros de aluguel. Os livros eram do tipo que se compra em bazares, romances em três volumes do século XIX, memórias de exploradores, histórias infantis.

Uma mulher magra, acabada, estava atrás do balcão, em pé sob uma lâmpada pendurada. Provavelmente era a mãe da moça. Atendia um cliente que comprava cigarros.

— Como está o patrão? — perguntou o freguês.

— Sempre muito mal. É a coluna — disse a Sra. Grover animada. — Não sai da cama desde sexta-feira. O Sr. disse Vestas?

Drayton notou com desagrado as revistas masculinas, a prateleira de moldes de papel (duas minissaias rodadas para cortar e costurar em uma tarde), os policiais de nove centavos, Ghosty Worlds, Cosmic Creatures. Numa prateleira entre cinzeiros imitando Wedgwood, havia um *spaniel* de cerâmica com flores artificiais que cresciam em uma cesta atrás dele. As flores estavam cheias de poeira, semelhante a um fungo cinzento.

— São cinco libras e três *pence*, então. Muito obrigado. É o que chamam de um deslocamento de disco. Ele apenas se inclinou para limpar o carro e *crack*!

— Desagradável — disse o freguês. Está pensando em alugar o quarto novamente? Soube que seu inquilino partiu.

— E em boa hora. Não poderia, querido, não com o Sr. Grover de cama. Linda e eu já estamos com muito trabalho.

Então ela se chamava Linda. Drayton virou as costas para Ghosty Worlds. A Sra. Grover olhou para ele indiferente.

— Pois não?

— *Standard*, por favor

Só sobrara um, e na banca fora da loja, ao lado da caixa de anúncios. Drayton a acompanhou e pagou pelo jornal no umbral da porta. Nunca mais poria os pés ali, lugar ineficiente, mal administrado! Se nunca tivesse voltado, sua vida teria prosseguido seu curso organizado, ininterrupto, em direção a seu objetivo. Ele hesitou apenas por um momento. A lâmpada fora acesa e seus olhos foram atraídos por um nome familiar em um dos cartões. Margolis, Chalé do Marmeleiro, e abaixo um precisa-se de faxineira. A porta abriu e Linda Grover apareceu. Por falar na pessoa...

Ela era tão alta quanto ele e seu curto vestido cinza a fazia parecer mais alta. O vento úmido colou a fazenda em seu corpo, mostrando o formato de seus pequenos seios e as longas e delgadas coxas. Tinha uma cabeça pequena num pescoço fino e seu cabelo claro estava tão firmente preso que puxava a pele e as macias sobrancelhas quase brancas. Ele nunca vira uma garota tão vestida parecer tão nua.

Ela abriu a caixa de cartões, tirou um e o substituiu por outro.

— Chovendo de novo — disse ela. — Não sei de onde vem tanta água.

Uma voz feia, meio Sussex, meio *cockney*.

— Do céu — disse Drayton.

Era a única resposta a uma observação tão estúpida. Ele não podia imaginar por que ela se preocupara em falar com ele, a não ser que o tivesse visto naquela noite e estivesse disfarçando o embaraço.

— Muito engraçado.

Os dedos dela eram longos e a mão tinha a palma bastante larga. Ele percebeu as unhas roídas.

— Você vai ficar ensopado parado aí — disse ela.

Drayton colocou o capuz.

— Como vai seu namorado? — perguntou sociável.

A reação dela agradou-lhe. Ele acertara em cheio.

— Existe um?

Seu feio sotaque irritou-o e ele disse a si mesmo que era isso, e não sua proximidade, que o fazia cerrar os punhos ao observar os cartões que ofereciam carrinhos de bebê ou propunham troca de apartamento.

— Uma moça bonita como você? — disse ele, virando-se rapidamente para encará-la.

Não era Mann ou Durrell, apenas prática verbal comum, a primeira preliminar do jogo do amor.

— Qual é!

Seu sorriso, muito suave, se transformou numa espécie de segredo. Ele notou que ela sorria sem mostrar os dentes, sem abrir os lábios, e isso o fascinou. Eles ficaram olhando um para o outro no entardecer chuvoso. A garoa respingava nas pilhas de jornais. Drayton desviou o olhar para a caixa de vidro, rude e deliberadamente.

— Você está muito interessado nesses cartões — disse ela rispidamente. — O que há de tão fascinante num monte de porcaria de segunda mão?

— Não me importo em ter coisas de segunda mão — disse ele, e, quando ela enrubesceu, ele percebeu que ela o vira testemunhar aquele beijo.

Uma faxineira ruiva. Devia ser. Tudo apontava nesta direção. A Sra. Penistan parecia preencher a descrição. Ela fizera faxina para Anita Margolis, por que não deveria também fazer faxina para a Sra. Harper da avenida Waterford? Uma mulher que vivia na insalubre Glebe Road era capaz de roubar papel de uma patroa para escrever cartas anônimas sobre outra. Na Glebe Road, crimes não eram novidade, mesmo assassinatos. Uma mulher fora morta lá, havia apenas um ano. Monkey Matthews já vivera lá e fora atrás de uma dessas fachadas com reboco grosseiro que misturara açúcar com cloreto de sódio para fabricar sua bomba.

Burden bateu fortemente na porta da pequena casa avarandada. Uma luz se acendeu, uma corrente foi solta e, antes da porta se abrir, ele viu um pequeno rosto quadrado observando-o através do painel de vidro.

— Sra. Penistan?

A boca da mulher se abriu como se tivesse uma mola e irrompeu em uma torrente de palavras.

— Oh, chegou finalmente, querido. Eu já tinha quase desistido. O Hoover já está pronto para o Sr.

Ela mostrou um enorme, obsoleto aspirador de pó.

— O motor está com um pouco de sujeira. Meus rapazes não se preocupam muito com o que trazem para casa em seus sapatos. Não vai demorar muito, vai?

— Sra. Penistan, não vim para consertar seu aspirador. Não sou...

Ela olhou para ele.

— Não é uma Testemunha de Jeová, espero?

— Um oficial de polícia.

As palavras fizeram com que a Sra. Penistan risse estridentemente. Mesmo em casa, ela usava chapéu. O cabelo que aparecia sob a aba não era ruivo, mas grisalho. Ela também não poderia ser descrita como uma mulher de meia-idade, nem como alguém com roupas vistosas. Além do chapéu com feitio de forma de pudim, usava um casaco sem mangas, estampado malva e preto, sobre um vestido verde. Burden calculou que se aproximava dos setenta anos.

— O Sr. não se importa de vir até a cozinha, não é, querido? Estou fazendo chá para meus filhos.

Ela fritava batatas. Levantou a cesta de alumínio, reabasteceu-a com um novo punhado de batatas cortadas e úmidas.

— Que tal uma xicrinha?

Burden aceitou e quando o chá chegou estava quente e forte. Ele se sentou numa cadeira imunda diante da mesa imunda. O aspecto bolorento do lugar o surpreendeu. De certo modo ele esperara que a casa de uma faxineira fosse limpa, assim como a conta de um gerente de banco sempre deveria ter fundos.

— Smith? — falou ela. — Não, não me diz nada.

— Fitzwilliam?

— Não, querido. Havia um Sr. Kirkpatrick. Poderia ser ele?

— Poderia.

Conhecendo Margolis, bem que poderia.

— Vive em algum lugar em Pomfret. Engraçado o Sr. perguntar sobre ele, porque foi por causa dele que eu saí.

— Como foi isso, Sra. Penistan?

— Não sei por que não deveria contar para o senhor. Desapareceu, o Sr. disse? Bem, isso não me surpreende. Não ficaria surpresa se soubesse que ele fez com ela o que disse que faria.

— Ele disse?

— Ameaçou-a na minha frente. Quer ouvir a história?

— É claro que quero, mas antes gostaria de saber sobre ela, o que achava dela, este tipo de coisa.

— Era uma moça bastante simpática, não era convencida. No primeiro dia, chamei-a de Senhorita e ela começou a rir. "Oh, Sra. P., querida", disse, "pode me chamar de Ann. Todos me chamam de Ann". Ela é uma dessas moças desembaraçadas e fáceis de se conviver, não cria problemas. Sabe, eles têm dinheiro, muito dinheiro, mas não o esbanjam. As roupas que ela me dá, o Sr. não acreditaria. Tive de dar a maioria para minha neta, porque já passei um pouco da idade de usar calças compridas e saias acima do joelho.

— Ela tinha a cabeça no lugar, sabe? Sabia como lidar com os comerciantes. Sempre comprava e queria saber no que estava gastando seu dinheiro. Era preciso ser muito esperto para enganá-la. Diferente dele.

— O Sr. Margolis?

— Sei que é fácil dizer, mas acho que ele é maluco. Durante todo o ano em que trabalhei lá, nunca uma alma viva foi visitá-lo. Pintar, pintar, pintar, todo santo dia, mas quando ele terminava não se percebia o que fizera. "Imagino que o Sr. não se aborrece", disse para ele uma vez. "Oh, sou muito fecundo, Sra. Penistan", disse ele, não sei o que ele estava querendo dizer. Pareceu imoral para mim. Não, sem dúvida falta um parafuso em sua cabeça.

Ela despejou as batatas fritas em dois pratos e começou a fritar ovos, que cheirou desconfiada antes de jogá-los na frigideira.

Burden acabara de perguntar-lhe sobre as ameaças de Kirkpatrick quando a porta dos fundos se abriu e dois homens corpulentos com pescoços de touros, e uniforme de trabalho, entraram. Eram esses os rapazes que não se preocupavam com o que traziam nos sapatos? Ambos pareciam muito mais velhos do que Burden. Com um aceno para a mãe, atravessaram a cozinha, não dando a menor atenção ao visitante. Talvez também tenham achado que ele viera consertar o aspirador.

— Espere um minuto, querido — disse a Sra. Penistan.

Com um prato em cada mão, ela desapareceu na sala de visitas. Burden terminou seu chá. Um dos rapazes voltou para pegar o bule de chá, seguido pela mãe, que era toda sorrisos.

— Não se consegue tirar uma palavra deles até que uma refeição esteja em seus estômagos — disse orgulhosa.

Seu filho a ignorou e saiu, batendo as portas.

— Agora, querido, o Sr. queria saber sobre o Sr. Kirkpatrick. Vamos ver. Onde paramos? Sexta-feira. Deve ter sido na última quarta-feira. O Sr. Margolis foi a Devon para descansar da pintura. Fui uns dois dias antes e perguntei a ela: "Onde está seu irmão?" "Dartmoor", disse ela, e *nisso* eu acredito, apesar de Broadmoor estar mais de acordo com ele.

Ela deu uma risada estridente e sentou-se na frente de Burden, com os cotovelos na mesa.

— Bem, dois dias depois, na quarta-feira, bateram na porta à tarde. "Eu atendo", disse ela, e quando abriu a porta lá estava Kirkpatrick. "Boa tarde", disse ela, meio indiferente, mas de um modo bastante estranho que não consigo descrever. "Boa tarde", disse ele, e eles ficaram lá olhando um para o outro. Bem, como eu disse, ela não é convencida e me apresentou muito gentil. "Penistan?", disse ele. "Este é um nome realmente local. Temos alguns Penistan morando em frente a nós em Pomfret". Por isso sei onde mora. Bem, eu estava limpando as pratas e então voltei para a cozinha.

— Não mais de cinco minutos mais tarde ouvi os dois subirem. Devem ter ido ver os quadros, pensei em minha santa ignorância. Havia quadros por todo lado, querido, até no banheiro. Cerca de meia hora depois eles desceram novamente e comecei a imaginar o que estava acontecendo. Então os ouvi discutindo.

— "Pelo amor de Deus, não diga besteira, Alan", disse ela irritada. "Amor", disse ela, levantando a voz. "Não sei o que é isso. Se amo alguém, é Rupert". Rupert é seu irmão maluco. Bem, esse Alan, ele perdeu o controle e começou a gritar. Todo tipo de palavrões horríveis, não posso repeti-los. Mas ela não se abalou. "Não estou terminando tudo, querido", disse ela. "Você pode continuar a ter o que acaba de ter lá em cima". Vou te contar, querido, todo o sangue me subiu a cabeça. Esta é a última vez que você põe os pés aqui, Rose Penistan, disse para mim mesma. Meus rapazes são muito certinhos. Eles não gostariam que eu trabalhasse onde existe imoralidade. Estava para ir direto a ela e àquele Kirkpatrick quando o ouvi dizer: "Você está pedindo para morrer, Ann. Sou capaz de matá-la qualquer dia desses."

— Em resumo, ele foi embora furioso. Ainda a ouvi chamando-o. "Não seja bobo, Alan, e não esqueça que temos um encontro terça-feira à noite."

— Terça-feira? — perguntou Burden rispidamente. — Isso teria sido na última terça-feira.

— Deve ter sido. As pessoas são estranhas, não é querido? Tão eficiente, como ela é, e boa também de um certo modo. Faz caridade para Oxfam e os animais doentes, lê o jornal de cabo a rabo e se exalta muito contra o que chama de injustiça. Ao mesmo tempo, namora esse Kirkpatrick. É um mundo estranho.

— Então a Sra. se despediu.

— Naquele mesmo dia. Depois que ele se foi, ela veio até a cozinha como se nada tivesse acontecido. Impassível e serena, sorrindo e falando sobre o tempo horrível que seu pobre Rupert estava enfrentando em Moor. Não sei o que é, querido, mas acho que é o querem dizer quando falam em charme. Eu não podia agüentar. "Fico até o fim da semana", foi tudo o que disse, "e então terei de desistir. Aqui está ficando muito pesado para mim". E nunca disse nada mais verdadeiro.

— Trabalha em algum outro lugar, Sra. Penistan? Stowerton, por exemplo?

— Ah, não, querido. Não valeria a pena ir tão longe. Não que meus rapazes não fossem me buscar no trem. Sempre pensando em sua mãezinha.

Ela o acompanhou até a entrada, onde encontraram um dos filhos voltando para a cozinha com o prato vazio. Ele o depositou silenciosamente na mesa. Apesar de ainda não prestar nenhuma atenção na mãe, depois de empurrá-la para o lado ao passar pelo portal, a refeição que "tinha no estômago" causara uma ligeira melhora em seu humor, porque ele disse desalentadoramente para Burden:

— Noite desagradável.

A Sra. Penistan sorriu orgulhosa. Tirou o aspirador do caminho e abriu a porta da frente deixando entrar uma rajada de chuva. Estranho como sempre chovia à noite, pensou Burden. Ao caminhar pela Glebe Road com a cabeça baixa e a gola levantada, refletiu sobre a inadequação de interrogar Kirkpatrick quando não havia nenhum corpo e nenhuma prova de morte além de uma carta anônima.

6

DOIS HOMENS CHAMADOS Geoffrey Smith viviam em Kingsmarkham, um em Stowerton, e mais dois em Sewingbury. O único de cabelo preto tinha mais de um metro e oitenta de altura; o único com menos de trinta anos tinha uma barba loura; nenhum tinha carro preto. A investigação não levara a nada, fora tão infrutífera quanto a busca na casa de Margolis. O bilhete de sua irmã não aparecera, nem nada que pudesse ser uma pista para algo criminoso.

— Exceto as quinhentas libras — disse Burden.

— Uma bela soma para se passar as férias — disse Wexford seguro.

Em seguida, com menos certeza:

— Será que preocupamos Margolis em vão, Mike?

— Difícil saber se ele está preocupado ou não. Não entendo o sujeito, senhor. Numa hora acho que ele está me gozando, e na outra... bem, ele parece apenas uma criança. Imagino que isso é o que chamam de gênio.

— Alguns dizem que o limite entre o gênio e a loucura é um fio de cabelo, outros que a genialidade é uma capacidade infinita de se atormentar.

Se havia algo que Burden entendia era a capacidade de se atormentar.

— Parece que ele despeja toda aquela tinta e lixo como o senhor e eu colocamos molho no peixe e nas batatas fritas. Todos aqueles quadros estão acima de minha capacidade de compreensão. Eu diria que é apenas outro modo de enganar o público. Quanto custa entrar na Tate Gallery?

Wexford deu uma gargalhada.

— Nada, ao que me consta. É de graça.

Ele apertou o nó do fino trapo brilhante que chamava de gravata.

— Você me faz lembrar aquela frase de Göring. Sempre que ouço a palavra cultura, pego meu revólver.

Burden se ofendeu. Andou pelo corredor, procurando alguém em quem pudesse descarregar sua raiva. Bryant e Gates, que estavam conversando com o sargento, tentaram parecer ocupados assim que o viram. Não Mark Drayton. Ele estava um pouco afastado dos outros, olhando para seus pés e aparentemente pensando na vida, com as mãos nos bolsos de seu casaco grosso de lã felpuda. A visão do cabelo preto saindo do capuz irritou Burden ainda mais. Foi até Drayton, mas antes que pudesse abrir a boca o jovem disse casualmente:

— Posso falar com o senhor?

— A única pessoa com quem precisa falar é com um barbeiro — resmungou Burden. — Cinco palavras, para sermos precisos. Curto atrás e dos lados.

O rosto de Drayton permaneceu impassível, enigmático, inteligente.

— Está bem, o que é?

— Um anúncio na vitrine do Grover. Achei que podia interessar.

Tirou do bolso um bloco de notas, abriu-o e leu alto:

— Quarto silencioso e isolado para aluguel à noite. Serve para estudantes ou qualquer pessoa que queira ficar longe de tudo. Privacidade garantida. Dirija-se ao nº 82, Charteris Road, Stowerton.

Burden contraiu as sobrancelhas com desagrado. Drayton não colocara o anúncio, disse a si mesmo, apenas o achara. Na realidade, Drayton o *achara* por seus próprios méritos. Então, por que se irritar porque este tipo de coisa tão suja, tão indicativo de coisas nojentas feitas em esquinas nojentas acontecia exatamente na sua rua?

— Grover novamente, hem? — falou Wexford quando lhe contaram. — Então esta é sua última novidade? Ano passado foram — livros curiosos. Este lugar a cada dia que passa se parece mais com a Charing Cross Road.

Riu baixo. Burden não teria ficado surpreso se Drayton o tivesse imitado. O sujeito era um bajulador como nenhum outro. Mas o rosto cor de oliva de Drayton estava atento. Burden chegou a pensar que ele estava envergonhado, mas não podia imaginar nenhuma razão para isso.

— Lembram-se quando todos os estudantes tinham aquelas facas de mola e sabíamos com certeza que eram do Grover, mas não pudemos pegá-lo? E aquelas revistas que ele vende. O que acha de sua filha lendo-os?

Wexford deu de ombros.

— Elas não são para filhas, Mike, são para filhos. E não são *lidas*. Antes de invocarmos a liga da decência, devemos investigar esse anúncio.

Olhou interrogativamente para Drayton.

— Você é um jovem plausível, Mark.

Burden irritou-se ao ouvir o inspetor-chefe chamar Drayton, como fazia ocasionalmente, por seu primeiro nome.

— Você investiga o lugar.

— O lugar, senhor?

— Vamos escalá-lo como um estudante querendo afastar-se de tudo, não é inspetor Burden?

Ainda olhando para Drayton, acrescentou:

— Não posso imaginar nenhum outro de nós fazendo travessuras no quarto de uma dama.

A primeira vez que bateram na porta não obtiveram resposta. Era uma casa de esquina, dando frente para a Charteris Road. Do lado, um muro maltratado, não muito extenso, ladeava Sparta Grove. Enquanto Burden esperava no carro, Drayton seguiu o muro até o final, dando num beco que separava os fundos dos jardins. Ali o muro de pedra era muito alto, mas Drayton achou um portão, trancado, mas permitindo ver-se através de umas fendas o jardim do número 82. Numa corda de roupa, presa no muro e num prego abaixo da janela dos fundos da casa, estava pendurado um tapete molhado do qual a água escorria num chão de lajotas.

A casa tinha de setenta a oitenta anos, mas se diferenciava do aspecto de cortiço da vizinhança devido a uma certa aparência de asseio. O pátio estava varrido — uma vassoura limpa encostada na parede da casa — e a escada dos fundos fora lavada. Todas as janelas estavam efchadas e com as venezianas claras abaixadas. Enquanto Drayton observava essas janelas, a veneziana de uma delas, provavelmente do quarto dos fundos, foi imperceptivelmente levantada e um pequeno rosto enrugado espreitou. Drayton colocou o pé num pedaço saliente de pedra e se retesou até que sua cabeça e seus ombros ficaram acima do topo, coberto de hera, do muro. O rosto moreno, de macaco, ainda estava lá. Seus olhos se encontraram e, então, no olhar do homem apareceu o terror que, sem dúvida, não correspondia à infração ou à descoberta da infração que os ocupantes da casa poderiam supor que haviam cometido. O rosto desapareceu rapidamente e Drayton voltou para o carro.

— Tem alguém em casa — disse a Burden.

— Diria que sim. Além do fato de que não podemos forçar entrada, fazer barulho estragaria tudo, não é?

O seu era apenas um dos vinte ou trinta carros estacionados na Sparta Grove. Nesta altura da rua não havia garagens nem espaço para elas.

— Alguém está chegando — disse Drayton de repente.

Burden levantou os olhos. Uma mulher com um carrinho de feira estava abrindo o portão da casa da esquina. Sua cabeça estava enrolada num lenço colorido e ela usava um casaco com uma enorme e vistosa gola de pele. Quando a porta se fechou atrás dela, disse:

— Eu a conheço. Seu nome é Branch, Sra. Ruby Branch. Ela morava em Sewingbury.

— É uma de nossas clientes?

Este uso, por Drayton, de um dos termos favoritos de Wexford desagradou Burden. Parecia não acidental, mas uma imitação calculada e insinuante do estilo característico do inspetor-chefe.

— Nós a prendemos por roubo numa loja — disse rispidamente. — Furto no lugar onde trabalhava e várias outras coisas. Este é um novo começo. É melhor você ir fazer seu trabalho.

Ela o submeteu a um exame cuidadoso e inicialmente temeroso, através do painel de vidro da porta, antes de abri-la. O temor desapareceu e a porta se abriu alguns centímetros. Drayton pisou no capacho.

— Acho que tem um quarto para alugar.

Ele foi gentil e ela relaxou. Sorriu, mostrando excelentes dentes postiços manchados de batom. O lenço e o casaco ainda não tinham sido tirados e embaixo da gola de penas, como um boá, ele pôde ver uma blusa de babados cobrindo um bonito seio. O rosto era de meia-idade — cinqüenta e poucos anos, pensou Drayton — e muito maquiado, principalmente nas pálpebras.

— Vi por acaso seu anúncio na vitrine do Grover, Sra...?

— Sem nomes, sem formalidades, querido. Chame-me apenas de Ruby.

— Ok, Ruby.

A porta fechou-se atrás dele, que se viu num pequeno e apertado vestíbulo, com o chão coberto por um tapete barato de *nylon* vermelho-vivo. Na soleira da porta do quarto da frente ele parou, olhando fixamente, e deve ter demonstrado surpresa, porque ela disse rapidamente:

— Não se assuste com o chão nu, queridinho. Gosto de tudo muito limpo, sabe, e tirei o tapete para ele tomar um pouco de ar

— Faxina de primavera, hem?

Toda a mobília estava encostada nas paredes. Era uma casa de três cômodos; no chão um tapete felpudo cujo desenho dava a impressão de real, mas certamente não poderia ser: peixes azuis nadando através de um emaranhado de rosas vermelhas e rosadas. Num enorme aparelho de televisão havia uma mulher nua de porcelana rosa cujo braço direito eternamente levantado segurava uma lâmpada numa cúpula de plástico. O papel de parede tinha relevos dourados e o único quadro era do falecido rei George V e da rainha Mary em toda a sua realeza.

— Posso ver que cuida bem da casa — disse veementemente.

— O senhor não conseguiria coisa melhor em nenhum hotel. Quando pensa em vir? Qualquer noite seria conveniente para mim

Ela olhou para ele longamente, meio tímida, meio calculista.

— O senhor trará uma jovem com o senhor?

— Se a senhora não faz objeção. Pensei talvez esta noite. Digamos das oito às onze. A senhora poderia...?

— Estarei pronta às oito em ponto. Se apenas bater de leve na porta, não precisa trazer a jovem para dentro até que eu saia. Algumas se sentem um pouco tímidas. Digamos, cinco libras?

Burden concordara em dar-lhe cinco minutos. As coisas dificilmente poderiam ter sido mais fáceis. Ele olhou pela janela e viu o inspetor se aproximando da porta da frente. Ele adivinhou que ela também o vira e que sabia quem era pelo pequeno suspiro de medo.

— O que está acontecendo? — perguntou ela, com a voz morrendo num soluço.

Drayton se virou e dirigiu-se a ela severamente.

— Sou um oficial de polícia e tenho razões para acreditar que a senhora mantém um bordel...

Ruby Branch sentou-se no sofá azul e vermelho, colocou as mãos na cabeça e começou a chorar.

Drayton achara que eles apenas a levariam para Kingsmarkham e instaurariam um processo contra ela. Estava tudo claro e não houvera negativa nem desacato. Ela colocara o anúncio na vitrine do Grover para conseguir um dinheiro extra. No final das contas, era um expediente para completar o orçamento... Burden ouviu tudo. Olhava ora para o lenço que Ruby Branch retirara da cabeça e usava para enxugar as lágrimas, ora para os cachos ruivos que a remoção do lenço revelara.

— Era loura da última vez em que a vi, Ruby.

— Desde quando preciso pedir sua autorização quando quero pintar o cabelo?

— Ainda trabalhando para a Sra. Harper na av. Waterford?

Ela aquiesceu em lágrimas, depois o encarou.

— O que interessa a vocês onde eu trabalho? Se não fosse pelo senhor ainda teria meu emprego no supermercado.

— Você devia ter pensado nisso antes de seu pequeno contratempo com seis dúzias de caixas de sabão em pó. Sempre foi uma boa dona-de-casa, e foi a sua desgraça. Um vício e tanto, não é? Vejo que voltou a ele novamente.

Ele olhou para o chão nu e, então, para as pernas com varizes de Ruby, com suas finas meias de *nylon* pretas, e para seu rosto repentinamente aterrorizado. Disse para Drayton amavelmente.

— Não há muitas mulheres trabalhadoras que encontram tempo para lavar um tapete grande. Limpam-no com um pano úmido, talvez. É o que minha mulher faz. Vamos lá fora ver que tipo de trabalho ela fez? Não está uma manhã desagradável e eu gostaria de um pouco de ar fresco.

Ruby Branch os acompanhou. Cambaleou com seus sapatos de salto alto e pareceu a Drayton que estava morta de medo. A cozinha era limpa e fresca e o chão tão limpo que o sapato não muito sujo de Burden deixou uma marca preta. Do homem visto na janela... marido? inquilino... nenhum sinal.

Drayton se perguntou se a corda de roupa era bastante forte para agüentar o peso do tapete, que estava completamente encharcado e parecia que fora totalmente imerso numa banheira. O vento forte quase não o balançava. Burden chegou perto, curioso.

— Não toque nele — falou Ruby rudemente. — Pode cair.

Burden não deu atenção a ela. Virou o tapete e, de repente, como ela previra, a corda partiu-se. Sua carga caiu barulhenta, metade na laje, metade na grama, exalando do pesado volume ensopado um forte cheiro animal de lã encharcada.

— Veja o que fez! Quem pensa que é para vir aqui bisbilhotar? Agora vou ter de fazer tudo de novo.

— Não, não vai — disse Burden. — As únicas pessoas que irão tocar nele são os peritos.

— Apenas deixando-o tomar um pouco de ar! — exclamou Drayton.

— Oh, meu Deus!

O rosto de Ruby se tornara de um branco amarelado, com os lábios vermelhos trêmulos parecendo um corte duplo.

— Nunca quis fazer mal a ninguém. Estava com medo. Achei que talvez vocês me acusassem, talvez me tomassem por uma... uma...

— Uma cúmplice? Esta é uma boa idéia. Talvez devamos

— Oh, meu Deus!

De volta à sala desarrumada, ela se sentou por um momento em silêncio petrificado, mexendo as mãos e mordendo o que restava do batom dos lábios. Então disse com raiva:

— Não é o que estão pensando. Não era sangue. Eu estava engarrafando framboesas e...

— Em abril? Faça-me o favor! — disse Burden. — Tenha paciência!

Ele olhou para o relógio.

— Não temos pressa esta manhã, não é Drayton? Podemos ficar aqui até a hora do almoço, no que me diz respeito. Podemos ficar até amanhã.

Novamente ela nada disse e, ao voltar o silêncio, passadas arrastadas foram ouvidas no corredor. A porta foi aberta cautelosamente e Drayton viu um homem baixo, grisalho, com pouco cabelo. O rosto era o que ele vira na janela. Com seu queixo proeminente, muitas rugas na pele moreno-escura e o nariz e boca inchados, não era atraente. A expressão aterrorizada passara por uma mudança. Os olhos estavam fixos em Drayton exatamente como anteriormente, mas a agonia do medo fora substituída por uma espécie de horror malignamente satisfeito, comparável ao do homem ao qual é mostrado um carneiro com cinco patas ou uma mulher barbada.

Burden levantou-se, porque o recém-chegado parecia querer escapulir, pôs a mão na maçaneta da porta.

— Ora, se não é o Sr. Matthews — disse. — Não posso dizer que estou feliz ao vê-lo em roupas de fora das grades. Achava que eram feitas sob medida atualmente.

O homem chamado Matthews disse, numa fraca voz ofendida:

— Alô, Sr. Burden.

E então, automaticamente, como se sempre dissesse isto, exatamente como outros homens dizem "Como vão as coisas?" ou "Belo dia":

— Não fiz nada.

— Quando eu estava na escola — disse Burden —, aprendi que uma negativa dupla se torna uma afirmativa. Assim, sabemos em que terreno pisamos, não? Sente-se, junte-se à festa. Não está faltando ninguém,

Monkey Matthews caminhou cuidadosamente, sentando-se por fim o mais longe possível de Drayton. Por um momento ninguém disse nada. Matthews olhou de Burden para Ruby e então, como se atraído, de novo para Drayton.

— Este é Geoff Smith? — perguntou finalmente.

— Sabe — disse Ruby Branch —, ele nunca os viu. Bem, para dizer a verdade, *eu* nunca vi a moça.

Wexford balançou a cabeça com raiva. Todo o seu corpo tremera quando Burden lhe contara, mas agora a raiva começava a diminuir, deixando um gosto amargo na boca. Quatro dias haviam se passado desde terça-feira, quatro dias de dúvidas e incertezas. Meia dúzia de homens haviam desperdiçado seu tempo, trabalhando no escuro e talvez fazendo as perguntas erradas às pessoas erradas. E tudo porque uma mulher idiota ficara com medo de ir à polícia, com medo de que a polícia impedisse uma extorsão que prometia ser lucrativa. Agora ela estava sentada no escritório choramingando num lenço, um pedaço de algodão com renda sujo da maquilagem que as lágrimas haviam lavado.

— Este Geoff Smith — disse Wexford. — Quando o viu pela primeira vez?

Ruby jogou o lenço na bolsa e deu um suspiro profundo.

— Sábado passado. Sábado, dia 3. Um dia depois de eu colocar o anúncio. Foi pela manhã, cerca de meio-dia. Bateram na porta e lá estava o sujeito jovem querendo alugar o quarto para terça-feira à noite. Ele era moreno e tão bonito, e falou amavelmente. Como eu iria adivinhar que era um assassino?

Ela se mexeu na cadeira amarela de Wexford e cruzou as pernas.

— "Meu nome é Geoff Smith", disse ele. Orgulhoso de seu nome, era ele. Não perguntei seu nome. Bem, disse das oito às onze, e eu disse que custaria cinco libras. Ele não discutiu e então nos despedimos e ele entrou em seu carro preto. Na terça-feira ele voltou como dissera, às oito em ponto. Mas não vi nenhum carro desta vez e nunca vi sua namorada. Ele me deu cinco libras e disse que sairia às onze, e quando voltei já havia ido embora. Bem, eu havia deixado o quarto novinho em folha, tão bom quanto um hotel...

— Duvido que o tribunal considere isto uma circunstância atenuante — disse Wexford friamente.

A esta indicação da vingança que a sociedade tinha a intenção de fazer contra ela, Ruby suspirou alto novamente.

— Bem — ofegou —, eles o bagunçaram um pouco, empurraram os móveis, e é claro que eu comecei a arrumar o quarto...

— Incomoda-se de me poupar desses detalhes? Sou um detetive, não um pesquisador da ciência doméstica.

— Tenho de contar, não? Tenho de contar o que fiz.

— Diga-me o que achou.

— Sangue. Coloquei o sofá no lugar e lá estava, uma enorme poça. Sei que eu devia ter procurado o senhor, Sr. Wexford, mas entrei em pânico, estava morta de medo. Todas as acusações que o senhor me fez. Eles vão me acusar de cúmplice ou coisa parecida. Além disso, havia ele, Geoff Smith. Sei que o senhor diria que cuidaria de mim. O senhor e eu sabemos o que isso quer dizer. O senhor não teria colocado um guarda-costas na minha casa dia e noite. Eu estava literalmente apavorada.

Acrescentou queixosa:

— Ainda estou, sem dúvida.

— Onde Matthews entra nessa história?

— Eu estava sozinha. Fiquei indo até a janela para ver se via o sujeito moreno e baixo observando a casa. Ele matou uma moça, pensei. A verdade é que ele não vai pensar duas vezes antes de me matar. George e eu sempre fomos bons amigos.

Por um segundo Wexford, se confundiu. Então se lembrou do primeiro nome, há muito não usado, de Monkey.

— Eu soubera que ele fora solto e o encontrei no Piebald Pony.

Ela colocou os cotovelos na mesa de Wexford e olhou para ele longamente, suplicante.

— Uma mulher precisa de um homem por perto numa hora dessas. Achei que ele me protegeria.

— Ela queria alguém para protegê-la — disse Monkey Matthews. — Tenho outra escolha? Não tenho para onde ir, pois minha mulher não me quer em casa. Sabe, Sr. Burden, não sei se teria ido com Rube se soubesse o que me esperava.

Ele bateu em seu fino peito côncavo.

— Não sou guarda-costas. Sacou?

Envergonhado, mas não amedrontado, já que lhe fora assegurado que qualquer possível semelhança entre Drayton e Geoff Smith era coincidência, sentou-se descontraído em sua cadeira, falando animadamente.

Burden riscou um fósforo para acender o quarto cigarro de Monkey desde sua chegada e pegou um cinzeiro, colocando-o perto dele.

— Havia sangue no tapete sim — disse Monkey.

O cigarro ficou colado em seu lábio inferior e a fumaça o fez apertar os olhos.

— No início não acreditei nela. Sabe como são as mulheres.

— Quanto sangue? — perguntou Burden tenso como se o próprio esforço de interrogar esse homem o ferisse.

— Bastante. Horrível. Como se alguém tivesse usado a faca para cortar alguém em pedaços.

Ele estremeceu, mas riu ao mesmo tempo. O cigarro caiu. Quando o pegou, não antes de o cigarro marcar o tapete, disse:

— Rube estava aterrorizada, com medo deste Smith voltar, queria vir falar com o senhor. "Não é uma boa idéia", eu disse, "não depois de tanto tempo", mas como não sou uma pessoa que zomba da lei quando se trata de um crime realmente bárbaro, pensei que seria melhor dar-lhes uma pista de que havia um corpo em algum lugar. Assim, escrevi para o senhor. Rube me deu o papel. Ela sempre tem as coisas.

Sorriu insinuante, torcendo o rosto terrivelmente.

— Eu sabia que o senhor só precisaria de uma pista para colocar as mãos nele. Quando alguém critica nossa política local, eu sempre digo, o Sr. Wexford e o Sr. Burden, eles são os melhores homens, realmente competentes. Estariam em Londres, na Scotland Yard, se houvesse alguma justiça neste mundo.

— Se há alguma justiça neste mundo — disse Burden furioso — ela o colocará na cadeia por mais tempo do que jamais imaginou.

Monkey contemplou a estatueta de cristal verde como se esperasse identificar alguma forma conhecida de vida humana ou animal.

— Não fique desse jeito — disse. — Não fiz nada. Podemos dizer que me coloquei a seu serviço para ajudá-lo. Nunca vi esse Geoff Smith, mas se ele voltasse bisbilhotando, eu estaria numa situação difícil, exatamente como Rube.

Ele deu um profundo suspiro teatral.

— Fiz um grande sacrifício ajudando-o em suas investigações, e o que ganhei com isto?

A pergunta era retórica, mas Burden respondeu rispidamente:

— Uma casa confortável para se esconder, em primeiro lugar. Talvez estivesse chantageando esse Smith e só fez seu "grande sacrifício" quando ele não cedeu.

— É uma mentira deslavada — falou Monkey exaltado. — Afirmo que nunca o vi. Pensei que aquele sujeito jovem de vocês era ele. Deus sabe, reconheço que posso distinguir um tira a um quilômetro de distância, mas hoje eles se vestem de modo tão estranho. Rube e eu ficamos aterrorizados e então lá estava ele, metendo o narigão no muro. Digo-lhe, pensei que minha hora chegara.

Chantageá-lo! É digno de riso. Como poderia chantageá-lo se não pus os pés na casa de Rube antes de quarta-feira?

Mais semelhante a um macaco do que nunca, ele olhou zangado para Burden, com os olhos injetados.

— Quero outro cigarro — disse num tom ofendido.

— Quando escreveu a carta?

— Quinta-feira pela manhã enquanto Rube estava fora trabalhando.

— Então estava sozinho?

— Sim, sozinho. Eu não estava fazendo Geoff Smith passar por maus pedaços, se é isso que está pensando. Deixo esse tipo de coisa para vocês.

A indignação causou um acesso de tosse e ele cobriu a boca com dedos manchados de nicotina.

— Vejo que deve ter *delirium tremens* por causa dos pulmões — disse Burden enojado. — O que faz quando está... hum, atrás das grades? Começa a gritar como um condenado num centro de reabilitação?

— São meus nervos. Estou uma pilha de nervos desde que vi aquele sangue.

— Como sabia o que escrever na carta?

— Se vai preparar uma armadilha para mim — disse Monkey com desprezo distante — terá de ser mais desgraçadamente sutil do que isso. Rube me contou, é óbvio. Não seja bobo. Jovem, moreno e tinha um carro preto, disse ela. Chama-se Geoff Smith. Chegou às oito e terminou às onze.

Sua guimba foi apagada na base da escultura de cristal. Por um breve momento sem seu cigarro habitual, o rosto de Monkey lembrava ao inspetor um homem míope sem os óculos. Havia alguma coisa inocente, mas não natural.

— Ok. Você sabe tudo isso sobre ele porque Ruby lhe contou, mas você nunca o viu e nunca viu a moça.

À última palavra os olhos indignados de Monkey tremeram. Burden não teve certeza se de apreensão ou porque ele precisava de um estímulo. Apanhou o maço de cigarros e colocou-o na gaveta.

— Como sabia que ela se chamava Ann?

7

— COMO SABIA QUE ela se chamava Ann? — perguntou Wexford. O olhar de Ruby Branch era de total incompreensão. Parecia não apenas que ela não queria responder; ela estava completamente no ar. Quanto a Geoff Smith e sua descrição, ela pisara em terreno firme. Agora ele a mergulhara em águas desconhecidas e, por alguma razão que ela devia conhecer, perigosas. Ela desviou o olhar e contemplou uma de suas pernas cheias de veias como se esperasse descobrir que as meias tinham-se desfiado.

— Você nunca viu aquela carta, viu Ruby?

Ele esperou. O silêncio era a pior coisa, a coisa que todos os policiais temem. A fala, não importa quão esperta ou quão sutil, é necessariamente uma traição.

— Geoff Smith nunca lhe disse o nome da moça. Como você soube? Como Matthews sabe?

— Não sei aonde quer chegar — chorou Ruby.

Ela pegou a bolsa e a colocou longe dele, a boca tremendo.

— Todo esse sarcasmo entra por um ouvido e sai pelo outro. Contei tudo o que sei e estou com uma dor de cabeça terrível.

Wexford deixou-a e foi procurar Burden.

— Não consigo entender nada. Por que Geoff Smith disse seu nome? Ela não queria saber. "Sem nomes, sem formalidades", foi o que disse a Drayton.

— É claro que é um nome falso.

— Sim, acho que sim. Ele é um exibicionista que usa um nome falso para se divertir, mesmo quando ninguém está interessado.

— Não apenas ele diz seu nome, sem ser perguntado, mas diz o nome da namorada.

— Não, Mike — falou Wexford contrariado. — Minha credulidade não chega a tanto. "Meu nome é Geoff Smith e trarei Ann comigo." Pode imaginar uma coisa dessas? Eu não. Além disso, passei e repassei o caso com Ruby. Apostaria um ano de salário. Ele nunca disse o nome da moça e a primeira vez que ela o ouviu foi quando eu o disse, agora.

— Mas Monkey sabia.

— E Monkey nem estava lá. Não acho que Ruby esteja mentindo. Ela está apavorada e, apesar de com atraso, se colocou em nossas mãos. Mike, Ann Margolis iria a um lugar como aquele? Você sabe o que disse o jornal. "Ex-modelo e figura da sociedade de Chelsea!" Por que ela simplesmente não levaria seu namorado para casa com ela?

— Ela gosta do submundo. Margolis me disse isso. O tal Smith reservou o quarto no sábado. Anita sabia que Margolis estaria fora terça-feira à noite, mas provavelmente pensou que ele voltaria cedo. Ele não sabia, e ela não sabia que o gerente da galeria o convidaria para jantar.

— Sim, isto explica. Eles começaram a freqüentar o lugar de Ruby?

— Deixemos isso de lado agora, senhor. O tapete foi para o laboratório. Martin encontrou uma vizinha que viu alguma coisa Uma velhota chamada Collins. Ela está nos esperando.

Ela era quase tão gorda quanto Wexford, uma velha corpulenta com um queixo quadrado. Antes que ele começasse a interrogá-la, ela desfiou um longo rosário de seus sofrimentos decorrentes do fato de ser vizinha de Ruby Branch. Era rara a noite em que não ouvia barulho através da parede comum entre as duas casas. Ruby trabalhava o dia todo e limpava a casa depois das seis horas. A televisão estava sempre ligada e, ao mesmo tempo, o aspirador de pó. Monkey ela conhecia. Ele morara lá dois anos desde a chegada de Ruby até seis meses antes de ser preso. Fora desagradável, um escândalo horrível. Assim que o viu chegar com Ruby, na quarta-feira de manhã, soube que os problemas começariam. Depois havia uma sobrinha casada com o marido de Pomfret — se é que eles *eram* casados — que vinham algumas vezes por semana e que bebiam e riam até de madrugada.

— Foram eles que eu pensei ter visto saindo terça-feira. Cambaleavam no pátio e se amparavam um no outro. Era o único jeito de conseguirem andar.

— Duas pessoas? — perguntou Wexford, com a voz subindo de tom. — A senhora viu duas pessoas?

A Sra. Collins aquiesceu enfaticamente.

— Sim, eram duas pessoas. Não fiquei olhando muito tempo, devo dizer. Era muito desagradável.

— A senhora os viu chegar?

— Fiquei na cozinha até depois das nove. Vim até a frente e pensei, graças a Deus ela saiu. Fez um silêncio mortal até nove e meia. Sei que horas eram porque olhei o relógio. Havia um programa na televisão que eu queria ver às nove e vinte e cinco. Eu acabara de me levantar para ligar a televisão quando começou a barulheira aqui do lado. Lá vamos nós, pensei, mais farra, e bati na parede.

— Continue — falou Wexford.

— Por uma ninharia, disse a mim mesma, vou lá pedir-lhe explicações. Mas o senhor sabe como são essas coisas, a gente não quer criar problemas com os vizinhos. Além disso, eram três pessoas e eu não sou mais tão jovem. De qualquer modo, cheguei a colocar meu casaco e quando estava na porta da frente, meio hesitante, vi aqueles dois no pátio.

— A senhora os viu bem?

— Não muito bem — admitiu. — Foi através do pequeno vidro na porta, sabe. Os dois usavam capas e a moça tinha um lenço na cabeça. Seu cabelo era escuro, isto eu sei. Não vi seus rostos, mas eles estavam bêbados de cair. Pensei que a moça fosse dar de cara no chão. E ela realmente caiu quando ele abriu a porta do carro, caiu atravessada no banco da frente.

Ela balançou a cabeça indignada, satisfeita consigo mesma e com uma expressão hipócrita.

— Esperei cinco minutos para que fossem embora e fui na vizinha, mas ninguém atendeu e eu só a vi chegar às onze horas. O que estará acontecendo?, pensei. Não era a sobrinha casada de Pomfret. Ela nunca teve carro. Não conseguia ter dinheiro na bolsa o tempo suficiente para comprar um.

— Foi num carro preto que a senhora os viu entrar, Sra. Collins?

— Preto? Bem, estava embaixo de um dos lampiões da rua, e sabe como eles são, fazem você ver todas as cores.

Ela parou, puxando pela memória.

— Eu diria que era verde.

Linda Grover corou quando Drayton lhe disse para tirar o anúncio da vitrine. O sangue tingiu seu rosto de madona e ele sabia que era culpa de sua explicação, muito grosseira.

— Não percebeu o que significava? — perguntou severamente. — Acho que uma olhada naquela velha rameira mostraria que ela não era realmente uma senhoria.

Eles estavam sozinhos na loja. Ela estava atrás do balcão, olhando para ele com os dedos mexendo no canto da dobra de uma revista.

— Não sabia que era policial — falou com uma voz gutural.

— Agora já sabe.

No caminho, vindo da casa de Ruby Branch, ele passara na biblioteca, não para ir à seção de policiais desta vez, mas para ver os grandes livros coloridos com quadros de antigos mestres. Lá, entre quadros de Mantegna, Botticelli e Fra Angelico, encontrara o rosto dela sob auréolas quebradas e olhara fixamente, numa espécie de transe, antes do ódio irromper e ele fechar o livro com força, de tal modo que o bibliotecário levantou os olhos e franziu as sobrancelhas.

— Foi só por isso que veio? — perguntou ela.

O medo inicial se fora e sua voz se tornou agressiva quando ele aquiesceu.

— Todo este carnaval por causa de um simples cartão?

Com um encolher de ombros ela passou por ele e saiu da loja, com o corpo reto como se tivesse um peso invisível na cabeça. Ele a viu voltar, fascinado com as curvas limpas, puras do queixo, braços e cadeiras e com os pequenos movimentos graciosos que suas mãos fizeram quando ela rasgou em pedacinhos o cartão de Ruby.

— Seja mais cuidadosa da próxima vez. Vou ficar de olho em vocês.

Ele percebeu que a enfurecera, porque a cor desapareceu completamente de seu rosto. Era como um rubor branco. Havia um fino colar de prata em redor de seu pescoço. Quando estudante, Drayton lera o Cântico dos Cânticos, esperando achar alguma coisa obscena. Lembrou-se de uma frase. Não entendera quando lera, mas agora sabia o que significava. Cativaste meu coração com a corrente de teu pescoço...

— De olho em nós?

— Esta loja já tem uma reputação bastante ruim sem isso.

Ele não dava a mínima para a reputação da loja, mas queria ficar lá o mais que pudesse.

— Se eu fosse seu pai, com um bom negócio como este, não venderia aquela porcaria.

Ela seguiu seu olhar até as revistas.

— Há quem goste delas — disse.

Seus olhos se voltaram para o rosto dele. Ele percebeu que ela estava conformando-se com o fato de ele ser policial e procurando o distintivo que ele devia ter.

— Se o sermão já acabou, tenho de servir o chá para meu pai e vou ao cinema logo depois. A última sessão é às sete e meia.

— Não deve deixar como-é-mesmo-o-nome esperando — zombou Drayton.

Ele percebeu que a irritara.

— O nome dele é Ray, se quer saber, e ele ficou hospedado em nossa casa. Ele se foi, partiu. Oh, sai dessa. Não precisa me olhar desse jeito. Sei que me viu com ele. E daí? Não é crime, é? Você nunca deixa de ser tira?

— Quem falou em crime? Tenho bastante crimes durante o dia, sem precisar deles à noite.

Foi até a porta e olhou de novo para ela. Os olhos cinzas eram grandes e brilhantes e pareciam sempre cheios de lágrimas não-derramadas.

— Talvez eu quisesse estar no lugar dele.

Ela deu um passo em direção a ele.

— Você está brincando.

— Os homens geralmente brincam com você a este respeito?

Os dedos dela se aproximaram do pequeno sorriso fingido que apenas começava e ela colocou uma das unhas roídas entre os lábios.

— O que exatamente está tentando dizer?

Agora ela parecia assustada. Ele se perguntou se estava errado com relação a ela e se ela era realmente tão inexperiente e inocente quanto a madona do quadro. Não havia gentileza nele, ele não sabia ser amável e gentil.

— Se estou brincando, não estarei na porta do cinema às sete e meia.

Ele então bateu a porta e a sineta tiniu na velha casa decadente.

— Acredite ou não — disse Wexford — Monkey não quer ir para casa. Ele tem uma boa e confortável cama na casa de Ruby e Deus sabe quantas refeições gratuitas, mas prefere passar o fim de semana no que chama de "este esconderijo contemporâneo". Está morto de medo de ficar cara a cara com Ruby. Tudo bem, já que eu não tenho a menor idéia de como vou acusá-lo.

— Muda de figura — sorriu Burden maliciosamente — ver nossos clientes apreciarem nossas instalações. Talvez devêssemos constar do Guia do Automóvel Clube, hotel três estrelas, especialmente adaptado para aqueles com condenações anteriores. Alguma coisa do laboratório?

— Não, e duvido que haja. Só temos a palavra de Ruby e Monkey de que era sangue. Você o viu, viu o que ela fez com o tapete. Faxina pode ser uma atividade sem categoria, mas Ruby é a melhor nisso. Se eu fosse a Sra. Harper daria com boa vontade algumas folhas de papel feito a mão para ter minha casa limpa desse jeito. Ela deve ter quase se matado lavando aquele tapete. O laboratório diz que usou todos os tipos de detergentes disponíveis, exceto soda cáustica. Oh, lógico, eles podem distinguir o Chemiglo do Spotaway. O problema é que eles não podem separar o sangue, não podem nem dizer qual o tipo.

— Mas ainda estão trabalhando nisso?

— Trabalhando nisso há dias. Eles têm latas cheias de lixo dos canos e esgotos. Ficarei muito surpreso se encontrarem alguma coisa. Aposto que o casal nunca foi a nenhum outro lugar exceto àquele quarto, no qual sem dúvida deixou centenas de impressões digitais...

— Todas cuidadosamente removidas pela Rainha da Faxina — completou Burden. — A moça ainda pode estar viva, senhor.

— Porque eles foram embora juntos e porque o homem a tirou de lá por alguma razão demonstra arrependimento pelo que fizera? Chequei todos os hospitais e clínicas, Mike. Não viram, nem ouviram falar de ninguém esfaqueado. E deve ter sido esfaqueamento; uma pancada na cabeça e aquele monte de sangue e a vítima nunca seria capaz de se levantar, quanto mais cambalear até um carro. Porém, se ela está viva, onde está? Pode se tratar apenas de um estupro ou de um golpe ilegal, mas, não importa o que seja, temos de esclarecer isto.

Monkey Matthews olhou para eles velhacamente quando voltaram.

— Estou sem cigarro.

— Acho que o detetive Bryant vai comprar para você se pedir-lhe gentilmente. O que quer, Weights?

— Está brincando — falou Monkey enfiando a pata imunda no bolso da jaqueta. — Quarenta Benson and Hedges com filtro.

Fez um ar de importância e retirou uma nota de uma libra de um monte que indicava a presença de outras iguais.

— Melhor trazer sessenta.

— Deve dar até o café da manhã — disse Wexford. — Cheio da nota, hem? Não posso deixar de imaginar que é a propina de Geoff Smith, em troca do silêncio, que você está transformando em fumaça.

Alisando o queixo, com a cabeça inclinada, olhou especulativamente para o rosto de macaco do outro.

— Como sabia que ela se chamava Ann? — perguntou quase gentilmente e com uma amabilidade enganadora.

— Oh, está querendo me enrolar — disse Monkey irritado. — Nunca ouve o que a gente diz.

Quando saíram do cinema, caía uma chuva fina, pouco mais do que uma neblina úmida. As lâmpadas brilhavam através da translucidez, alaranjada, dourada e pérola. Os carros que saíam do estacionamento nadavam na neblina como criaturas subaquáticas subindo à superfície com um gorgolejo e um esguicho. Drayton pegou no braço da moça para ajudá-la a atravessar a rua e largou-o quando chegaram à calçada. Este primeiro contato com o corpo dela causou-lhe um tremor e fez sua boca secar. Ele podia sentir o calor de sua pele logo abaixo da axila.

— Gostou do filme?

— Foi bom. Não gosto muito de legendas. Não entendi metade. Toda aquela coisa sobre a mulher deixando o policial ser seu amante se ele não contasse que ela roubara um relógio.

— Diria que isso acontece. Você não sabe o que acontece nesses lugares estranhos.

Ele não estava aborrecido com o fato de o filme ter sido *sexy* e com o fato de ela querer conversar sobre a parte sexual do enredo. Com garotas, este tipo de conversa era freqüentemente uma indicação de intenção, um modo de chegar ao ponto. Graças a Deus não estavam no início da semana, quando fora exibido aquele filme sobre um couraçado russo.

— Está pensando em roubar algum relógio?

Ela enrubesceu vivamente à luz da lâmpada.

— Lembre-se do que o personagem do filme disse, ou do que a legenda disse que ele disse. "Você sabe o meu preço, Dolores".

Ela deu seu sorriso de lábios fechados e então disse:

— Você é terrível.

— Eu não, não escrevi o roteiro.

Ela usava saltos altos e estava quase tão alta quanto ele. O perfume que usara era forte demais e não tinha nada a ver com o aroma de flores. Drayton perguntou-se se as palavras dela tinham algum significado e se ela usara o perfume especialmente para ele. Difícil saber até que ponto as garotas são premeditadas. Será que ela o estava convidando ou o perfume e a sombra clara, prateada, em suas pálpebras, usadas como um uniforme, era o uniforme de batalha do grande regimento feminino que lê as revistas que ela vendia?

— É cedo — disse ele. — Apenas quinze para as onze. Quer dar um passeio ao longo do rio?

Fora lá, embaixo das árvores, que ele a vira segunda-feira. As árvores se curvavam ensopadas de água marrom, mas embaixo delas o chão de cascalho era bem drenado e de vez em quando se via um banco de madeira protegido por ramos.

— Não posso. Não devo chegar em casa tarde.

— Outra noite, então.

— Está frio. Chove sem parar. Não se pode ir ao cinema todas as noites.

— Onde você ia com ele?

Ela se abaixou para endireitar a meia. As poças nas quais pisara haviam salpicado de respingos cinza-escuros suas pernas. O modo como ela movia os dedos e os subia pela barriga da perna era mais provocante do que todos os perfumes do mundo.

— Ele alugava um carro.

— Alugarei um.

Eles haviam chegado à porta da loja. A alameda entre o Grover e o florista vizinho era um beco murado que terminava em duas garagens. Seus paralelepípedos marrons estavam molhados como as pedras do chão de uma gruta que a maré lavara. Ela olhou para a alta parede de sua própria casa e para as janelas escuras.

— Não precisa entrar já. Venha cá, saia da chuva — disse ele.

Onde ele estava não era mais abrigado do que na rua, mas era mais escuro. A seus pés descia um fino jorro de água da calha. Ele pegou a mão dela.

— Vou alugar um carro amanhã.

— Está bem.

— Qual é o problema? — perguntou ele rudemente, irritado, porque queria ver seu rosto relaxado, não ansioso, com os olhos se movendo do beco para a parede lavada pela chuva. Ele queria ânsia, pelo menos afabilidade. Ela parecia estar com medo de que fossem vistos, e ele pensou na magra mãe de olhos grandes e redondos e no misterioso pai doente atrás daquele bastião de tijolos.

— Não está com medo de seus pais, está?

— Não, é você. O modo como olha para mim.

Ele quase sentiu-se ofendido. O modo como olhava para ela era calculado e estudado, um olhar longo, frio e intenso que muitas garotas haviam achado excitante. Um desejo mais forte do que jamais sentira estava aumentando aquela intensidade e tornando real um planejado maneirismo. A pobreza da resposta dela quase fez o desejo desaparecer e ele teria se afastado para ir embora sozinho na noite úmida se não fossem as duas pequenas mãos que tocaram seu casaco e depois subiram para seus ombros.

— É que você me amedronta. Mas é isto o que quer, não é?

— Sabe o que eu quero — disse ele, e encostou a boca na dela, afastando seu corpo da parede fria e úmida.

No início ela ficou mole e sem resistência. Então seus braços o rodearam com um ardente abandono e, quando seus lábios se abriram sob os dele, sentiu um grande estremecimento de triunfo.

Acima deles uma luz foi acesa, formando um claro retângulo alaranjado sobre os tijolos escuros. Antes de abrir os olhos, Drayton sentiu as pálpebras doerem.

Ela afastou-se vagarosamente com um longo "Aah!", um suspiro de prazer foi esboçado e logo interrompido.

— Eles estão me esperando.

Sua respiração era leve e rápida.

— Preciso entrar.

— Amanhã — disse ele —, amanhã.

Ela não conseguiu achar a chave logo e excitou-o vê-la procurar e ouvi-la xingar baixinho. Ele causara essa repentina falta de jeito, essa desorientação, e a alegria da conquista fez bem a seu ego masculino.

— Amanhã, então.

Deu um sorriso, tímido e torturado. Então a porta se fechou e a sineta tocou sua fria e dura música.

Quando ficou sozinho no beco e a luz do alto se apagou, ele parou onde haviam se beijado e passou o polegar nos lábios. Ainda chovia e o lampião da rua brilhava com uma luz sulfurosa esverdeada. Ele se aproximou do foco de luz e olhou para o dedo com uma grande mancha de batom claro. Não era rosa, mas da cor de carne queimada de sol e ele pensou satisfeito que, com isso, ela deixara em sua boca algo dela, um pedacinho de pele ou um resto de suor. Na frente de seu casaco havia um longo fio de cabelo louro. Ter esses vestígios dela era, de certo modo, possuí-la. Sozinho na rua molhada, passou a língua suavemente pelo dedo e estremeceu.

Um gato saiu do beco e correu furtivamente para o vão de uma porta, seu pêlo borrifado com pingos finos. O céu não estava visível, apenas vapor, e acima do vapor, escuridão. Drayton pôs o capuz na cabeça e caminhou para casa.

8

Ao sul de Kingsmarkham e sombreando o lado leste e sul de Pomfret, existem de 60 a 80 quilômetros quadrados de pinheirais. É a Floresta Cheriton. Plantada pelo homem, consiste principalmente em abetos e lariços, tem uma beleza absolutamente não-inglesa, dando às planícies verdes a aparência de um prado alpino.

Um novo distrito com pequenas casas brancas florescera no bosque do lado de Pomfret. Com suas portas coloridas e enfeites entalhados em cedro, não são diferentes de chalés. A uma delas, uma casa amarela com uma garagem nova, o sargento Martin foi domingo pela manhã procurar um homem chamado Kirkpatrick.

A porta foi imediatamente aberta por uma menina de cerca de sete anos, uma criança com olhos grandes e olhar assustado. Martin esperou na porta enquanto ela foi chamar a mãe. A casa fora construída num só plano e ele podia ver um menino tão pálido e circunspecto quanto a irmã brincando apaticamente no chão com blocos de letras. A mulher que finalmente apareceu tinha um rosto belicoso, a aparência ansiosamente alegre daqueles que sofrem de pressão alta. Seu cabelo louro estava penteado em cachos brilhantes e compactos e ela usava óculos com aros vermelhos. Martin apresentou-se e perguntou pelo marido.

— É sobre o carro? — perguntou a Sra. Kirkpatrick rudemente.

— De certo modo.

As crianças aproximaram-se da mãe e ficaram olhando.

— Bem, pode ver que ele não está aqui, não pode? Se ele bateu com o carro, não posso dizer que sinto muito. Diria que foi em boa hora. Espero que tenha sido uma perda total. Quando ele o trouxe para casa, segunda-feira passada, eu disse: "Não pense que vou ficar feliz dirigindo aquela coisa. Prefiro andar. Se eu quisesse me exibir num carro rosa e branco com listas roxas, iria nos carrinhos dos parques de diversão de Brighton", disse eu.

Martin pestanejou. Não tinha a menor idéia sobre o que ela estava falando.

— O outro era horrível. Um Morris preto obsoleto, como um ataúde. Deus sabe que devemos ser motivo de chacota de toda a vizinhança.

De repente ela percebeu que as crianças estavam ouvindo.

— Quantas vezes já lhes disse para não se intrometerem em minhas conversas particulares? — falou mal-humorada.

O menino voltou para seus blocos, mas foi necessário um forte empurrão para que a menina saísse.

— E então? — perguntou a Martin. — O que ele fez? O que quer com ele?

— Apenas conversar.

A Sra. Kirkpatrick parecia mais interessada em ouvir o som de sua própria voz e em desabafar suas mágoas do que em saber os motivos de Martin.

— Se ele anda correndo de novo, vai perder a carteira. E aí vai perder o emprego.

Nem um pouco preocupada, sua voz tinha um sabor de vitória.

— Uma empresa como a Lipdew não vai querer um vendedor que não pode dirigir, vai? E não vai dar a seus funcionários belos carros para eles os fazerem em pedacinhos quando bem entenderem. Eu disse isso a ele antes de ele ir para a Escócia. Disse na terça-feira de manhã. Por isso ele não voltou para jantar na terça-feira à noite. Não se pode falar nada com ele, cabeça-dura e teimoso. E agora ele se meteu em confusão.

Martin afastou-se. Uma barragem de armas de fogo teria sido preferível. Quando desceu para o pátio, ouviu uma das crianças chorando na casa que deixara para trás.

Monkey Matthews estava deitado, fumando, quando Wexford entrou na cela. Levantou-se apoiando--se num cotovelo e disse:

— Eles me disseram que hoje era sua folga.

— É verdade, mas achei que você devia estar solitário.

Wexford balançou a cabeça em reprovação e olhou em redor do pequeno quarto, cheirando o ar.

— Como vivem os ricos! Quer que eu mande comprar mais da sua droga? Você pode pagar, Monkey.

— Não quero nada — disse Monkey virando o rosto para a parede — exceto ficar sozinho. Este lugar é mais um pátio dos milagres do que um esconderijo. Não consegui pregar os olhos a noite passada.

— É sua consciência, Monkey, a voz constante, baixinha, que fica dizendo-lhe para me contar, por exemplo, como sabia que o nome da moça era Ann.

Monkey resmungou.

— Não pode me dar uma folga? Meus nervos estão à flor da pele.

— Estou encantado em ouvir isso — disse Wexford ríspido. — Deve ser o resultado de minha guerra psicológica.

Saiu para o corredor e subiu para a sala de Burden. O inspetor acabara de chegar e estava tirando a capa de chuva.

— É seu dia de folga.

— Minha mulher estava ameaçando carregar-me para a igreja. Aqui me pareceu um inferno menos ruim. Como estamos indo?

— Martin esteve com a Sra. Kirkpatrick.

— Ah, a mulher do atual namorado de Anita Margolis.

Burden sentou-se perto da janela. Naquela manhã o sol brilhava; não era o mormaço de abril, mas a força e o calor do início do verão. Ele levantou a veneziana e abriu a janela, deixando entrar, com a macia luz, o claro crescendo dos sinos do campanário da igreja de Kingsmarkham.

— Acho que podemos estar na pista de alguma coisa, senhor Kirkpatrick está fora, viajando a trabalho, na Escócia. Partiu terça-feira e a mulher não o vê desde então. Mas ele teve um carro preto até segunda-feira passada, quando a empresa deu-lhe um novo, aparentemente branco, todo enfeitado — riu Burden zombeteiro. — A mulher é uma fera. Achou que ele tivesse tido um acidente com o carro quando viu Martin, mas não se importou.

Com o rosto ardendo um pouco, continuou:

— Não costumo defender o adultério, como sabe, mas acho que, neste caso, pode ter justificativa.

— Ele é baixo e moreno? — perguntou Wexford olhando dolorosamente para a janela aberta. Caminhou para mais perto do respiradouro do aquecimento central.

— Não sei. Martin não pediu muitos detalhes à mulher. Ainda temos muito a investigar.

Wexford balançou a cabeça, aprovando com má vontade.

— Bem — disse Burden pondo-se de pé —, Margolis deve poder nos ajudar neste caso. Para um artista ele é um péssimo observador, mas *viu* o homem.

Pegou o casaco.

— Adorável o som desses sinos.

— Hum?

— Eu disse que os sinos são adoráveis.

— O que? Não consigo ouvir uma palavra do que diz por causa desses malditos sinos.

Ele riu maliciosamente da velha piada.

— Você deve dar uma olhada no Monkey antes de sair. Só para ver se por acaso ele está ficando cansado de nos fazer de bobos.

Depois de uma cuidadosa revista da polícia e de uma parada na oficina para que o radiador fosse consertado, o Alpine de Anita Margolis foi devolvido ao seu local de estacionamento no acostamento gramado na frente do Chalé do Marmeleiro. Burden não se surpreendeu ao vê-lo, mas suas sobrancelhas se levantaram quando viu à sua frente as traseiras não de um carro branco, mas de dois. Estacionou atrás e saiu para a luz do Sol. Quando caminhava em direção ao novo carro, viu que era branco apenas porque esta era a cor de fundo. Dos lados, uma faixa de talvez uns trinta centímetros de largura fora pintada em rosa forte, enfeitada com ramalhetes de flores roxas. Esse tom especial de rosa fora usado para o letreiro acima da faixa: *Lipdew, Estojo de Maquiagem para Torná-la mais Bonita.*

Burden riu zombeteiro. Apenas um extrovertido gostaria de ser visto num carro como este. Olhou pelos vidros laterais para os assentos cor-de-rosa. Estavam cheios de panfletos e na prateleira do painel havia amostras dos produtos que o motorista vendia, potes e vidros provavelmente, embrulhados em papel bege com barbante dourado.

Dificilmente haveria dois carros como este em Sussex. Kirkpatrick devia estar nas redondezas. Burden levantou o trinco do portão e entrou no jardim do chalé. O vento espalhara as pétalas do marmeleiro em flor e o chão estava bastante escorregadio. Como ninguém respondeu à sua batida na porta, rodeou a casa e viu que as portas da garagem onde Margolis guardava o carro estavam abertas e que o carro não estava lá.

Gomos volumosos nos galhos da madeira roçaram em seu rosto e a seu redor ele podia ouvir o suave trinado dos pássaros. A atmosfera e a sensação de paz campestre foram de certo modo estragadas pelas folhas de papel amassadas, vestígios da inexperiente limpeza de Margolis, que ainda se penduravam nos arbustos e esvoaçavam no topo das árvores. Burden parou ao lado da porta dos fundos. Um homem com uma capa de chuva cinza acinturada estava de pé em cima de um caixote de madeira olhando pela janela da cozinha.

Sem ser visto, Burden observou-o em silêncio por um instante. Depois tossiu. O homem deu um pulo, virou o rosto e desceu vagarosamente de seu poleiro.

— Não tem ninguém em casa — disse desconfiado, e acrescentou: — Estava apenas me certificando.

O homem sem dúvida era bonito, pálido, garboso e com cabelos castanho-escuros cacheados. O queixo era pequeno, o nariz reto e os olhos úmidos e com cílios grandes como os de uma moça.

— Gostaria de dar uma palavrinha com o senhor, Sr. Kirkpatrick.

— Como sabe meu nome? Não o conheço.

Agora que estavam no mesmo nível, Burden notou que talvez o homem tivesse quase um metro e setenta de altura.

— Reconheci seu carro.

O efeito foi eletrizante. Duas manchas vermelho-escuras apareceram nas bochechas pálidas de Kirkpatrick.

— Que diabo significa isso? — perguntou zangado.

Burden olhou para ele calmamente.

— Você disse que não tem ninguém em casa? Quem você está procurando?

— Então é isso — Kirkpatrick respirou fundo, cerrando os punhos. — Sei quem é você.

Balançou a cabeça de modo ridículo e com satisfação maligna

— Você é um bisbilhoteiro, o que chamam de investigador. Suponho que minha mulher o contratou para me seguir.

— Nunca vi sua mulher. Mas certamente sou um investigador. Mais comumente chamado de oficial de polícia.

— Ouvi você perguntando ao sargento onde poderia alugar um carro — disse Wexford.

— Na minha hora de almoço, senhor — respondeu Drayton com presteza.

Wexford balançou a cabeça impaciente.

— Tudo bem, rapaz, tudo bem. Não me faça de bobo. Pode alugar um caminhão no que me diz respeito, mas não o fará em sua hora de almoço, e sim agora. Só existem três firmas no distrito que alugam carros. Missal e Cawthorne, em Stowerton, e o Red Star, na York Street. O que queremos saber é se alguém alugou um carro verde terça-feira passada.

Depois que Drayton saiu, ele se sentou para pensar no caso e tentar solucionar o enigma dos carros. O homem chamado Geoff Smith usara um carro preto no sábado e um verde na terça-feira, se se podia confiar na Sra. Collins. Ele achava que sim. Na noite anterior, ele e Bryant haviam testado um carro preto, colocando-o sob a luz aperolada de um poste em Sparta Grove, e ele continuara preto. Ele olhara através de vidro claro e fumê. Nenhuma inventividade ou exercício de imaginação poderia torná-lo verde. Isso significava que Geoff Smith tinha dois carros, ou que no domingo ou na segunda-feira ele vendera o preto e comprara um verde? Ou será que, porque seu carro novo chamava a atenção, ele alugara o verde para sua aventura duvidosa e clandestina?

Drayton também se fazia as mesmas perguntas quando o barulhento ribombar dos sinos da igreja cessaram e ele virou a esquina pegando a York Street. Na forte luz do sol, as imitações de diamante brilhavam na vitrine da Joalheria Joy. Ele pensou no colar de prata que Linda usava em volta do pescoço e, simultaneamente, naquela pele macia e quente, sedosa ao toque.

Teve que se sacudir e contrair os lábios antes de entrar no Red Star. Eles lhe mostraram dois velhos Hillman vermelhos e ele voltou para pegar o ônibus para Stowerton. Lá encontrou Russell Cawthorne no escritório. Na parede atrás de sua cabeça havia um calendário com uma garota usando três pompons e sapatos de salto alto. Drayton olhou para o calendário com desprezo e um certo mal-estar. Lembrava-lhe as revistas da loja do Grover. Cawthorne sentou-se tenso quando Drayton lhe disse quem era e fez um breve sinal com a cabeça, o C-em-C recebendo um promissor subalterno.

— Bom dia. Sente-se. Mais problemas?

"Velho chato convencido", pensou Drayton.

— Quero fazer-lhe perguntas sobre carros de aluguel. O senhor aluga carros, não?

— Meu caro rapaz, pensei que estivesse aqui oficialmente, mas se só quer...

— Estou. Esta é uma pergunta oficial. De que cor eles são, os carros que aluga?

Cawthorne abriu uma clarabóia. O ar fresco o fez tossir.

— De que cor? São todos iguais. Três Morris Minor pretos.

— Algum deles foi alugado sábado, dia 3?

— Quando foi isso, mocinho?

— Semana passada. Tem um calendário atrás do senhor. — O rosto de Cawthorne tornou-se moreno-avermelhado. — Está no livro — resmungou.

O livro parecia estar em ordem. Cawthorne o abriu e virou algumas páginas para trás, franzindo um pouco as sobrancelhas.

— Lembro-me daquela manhã. Perdi meu melhor mecânico. Jovem demônio impertinente, tratando do lugar como se fosse o dono. Eu o mandei embora, perdi a calma...

Drayton impacientou-se.

— Quanto aos carros — disse Cawthorne taciturno. — Não, estavam todos aqui.

— E quanto a vendas? Não teria vendido a alguém um carro verde no mesmo dia?

Uma de suas mãos enrugadas, não muito estáveis, subiu para enroscar o bigode.

— Meus negócios não estão numa fase muito boa.

Ele hesitou, olhando para Drayton vagamente.

— Vou dizer-lhe francamente. Não faço uma venda desde que o Sr. Grover comprou seu Mini em fevereiro.

Drayton sentiu o rosto em fogo. O nome fora o bastante.
— Quero alugar um carro — disse. — Para esta noite.

Gabola, confiante como apenas um fraco pode ser, Alan Kirkpatrick ficou de pé com um ar desafiador no escritório de Wexford. Recusara-se a sentar-se e um "Besteira" e um "Não acredito" constantemente reiterados foram a resposta às alusões de Wexford quanto à possível morte de Anita Margolis.

— Neste caso — falou Wexford —, não se importará em nos dizer o que fez terça-feira passada, na noite em que tinha um encontro com ela.

— Um encontro? Kirkpatrick deu uma risada irônica. — Gosto do modo como diz isso. Conheci aquela mulher apenas porque gosto de arte. O único modo de entrar naquele lugar e ver os quadros de Margolis é através dela.

Burden levantou-se de seu canto, onde estivera sentado silencioso, e disse:

— Interessado no trabalho dele? Eu também. Tenho tentado me lembrar do nome daquele quadro na Tate Gallery. Talvez possa refrescar minha memória.

O fato de a armadilha ser tão óbvia não diminuiu sua importância como pergunta, e uma pergunta que, se Kirkpatrick sustentasse seu papel de alguém que procura ilustração artística, devia ser respondida. Sua boca macia se contraiu.

— Não sei como ele o chama — murmurou.

— Engraçado — disse Burden — qualquer admirador de Margolis sem dúvida conheceria *Nada.*

Por um momento o próprio Wexford se surpreendeu. Então se lembrou do *Weekend Telegraph* que estava ao seu alcance na gaveta da mesa. Ao ouvir o inspetor, que fazia uma esotérica crítica da arte moderna, ficou admirado. Em vez de pegar sua arma, Burden evidentemente pegara uma enciclopédia. Kirkpatrick, provavelmente também surpreso, sentou-se abruptamente, com o rosto espantado e agressivo.

— Não tenho que responder às suas perguntas — disse.

— É verdade — disse Wexford gentilmente —. Como diz acertadamente, não podemos nem provar que a Srta. Margolis está morta.

E balançou a cabeça vivamente, como se a sabedoria de Kirkpatrick o fizesse descer dos sonhos sensacionais e entrar na realidade.

— Não, apenas faremos um relatório dizendo que você provavelmente foi a última pessoa que a viu viva.

— Olhe — disse Kirkpatrick na beira da cadeira e não fazendo nenhuma menção de se levantar —, minha mulher é muito ciumenta...

— Parece mal de família. Eu diria que foi ciúme que o fez ameaçar a Srta. Margolis há algumas semanas. — E Wexford citou a Sra. Penistan: — "Sou capaz de matá-la qualquer dia desses". Terça-feira passada foi um destes dias? Jeito engraçado de falar com uma mulher na qual só se está interessado por causa dos quadros do irmão, não?

— Àquele encontro, como o senhor o chama, ela não foi. Não saí com ela.

Ruby o reconheceria. Wexford avaliou a insuficiência das evidências. Ele não achava que seria fácil persuadir esse homem a participar de uma identificação. A confiança de Kirkpatrick fora levemente abalada pelas perguntas de Burden, mas quando ele se sentou novamente um pouco de sua bravata parecia ter voltado. Com uma postura meio impaciente, meio resignada, tirou um pente do bolso e começou a pentear o cabelo cacheado.

— Não estamos interessados em um possível pedido de divórcio de sua mulher — disse Wexford. — Se for franco conosco, não há razão para passarmos adiante o que disser, e certamente não contaremos a sua mulher.

— Não há nada a respeito de que ser franco disse Kirkpatrick num tom menos beligerante. — Eu estava indo para o Norte, terça-feira, a trabalho. É verdade que marcara um encontro com a Srta. Margolis antes de partir. Ela ia me mostrar alguns... hum, dos trabalhos mais recentes de Margolis. Ele não teria deixado se estivesse lá, mas ia sair.

Wexford levantou os olhos e deparou com o olhar calmo, educado de Burden. Quão ingênuos e crédulos este vendedor de cosméticos pensava que eles eram? Esta história que parecia orgulhar quem a contava estava tão próxima do que Wexford chamava de "velho truque manjado" que foi difícil evitar uma risada de escárnio. Trabalhos recentes, sinceramente!

— Eu ia para casa jantar, mas estava atrasado e já eram sete horas quando cheguei a Kingsmarkham. O Grover estava fechando e eu me lembro que aquela garota fez uma cena porque eu queria meu jornal vespertino. Não havia tempo para ir para casa, então fui direto para Pump Lane. Ann, ista é, a Srta. Margolis, esquecera completamente do nosso encontro. Ela disse que ia a uma festa. E isto é tudo.

Durante a parte final da explicação, o rosto de Kirkpatrick ficou mais velho, ele se mexeu na cadeira constrangido.

— Não devia ser mais do que sete e meia, se tanto — disse Wexford.

Ele estava imaginando por que Wexford fora até a janela e olhava para baixo, com uma cara engraçada.

— Certamente havia tempo para suas pesquisas artísticas, especialmente porque o senhor já perdera seu jantar?

O rubor aumentou.

— Perguntei a ela se podia entrar um pouco, e disse que a levaria para jantar antes da festa. Ela estava com seu casaco de pele de ocelote, pronta para sair, mas não me deixou entrar. Acho que tinha mudado de idéia.

Burden afastou-se da janela e, quando falou, Wexford soube o que estivera examinando.

— Há quanto tempo tem este carro?

— Desde segunda-feira passada. Vendi o meu e ganhei este da firma.

— Então a Srta. Margolis nunca o vira antes?

— Não sei aonde quer chegar.

— Acho que sim, Sr. Kirkpatrick. Acho que a Srta. Margolis não quis sair com o senhor porque não queria ser vista num carro que chama tanta atenção.

O tiro atingiu o alvo. De novo Wexford ficou maravilhado com a perspicácia de Burden. Kirkpatrick, que enrubescia facilmente quando ficava envergonhado, ficara branco de raiva e talvez de humilhação.

— Ela era uma mulher elegante — disse Burden. — Não ficaria surpreso se soubesse que caiu na gargalhada quando viu a decoração rosa e malva.

Evidentemente, este era o ponto fraco do vendedor. Fosse ele um conhecedor da pintura moderna ou apenas um galanteador, esse veículo ridículo não combinava com nenhuma das personalidades. Era a cicatriz marcada a fogo, a braçadeira amarela, o vergonhoso cartão de visitas.

— O que há de engraçado nisso? — perguntou agressivo. — Que diabo ela pensava que era rindo de mim?

A indignação começara a solapar sua cautela.

— Não altera minha personalidade, não me transforma em outro homem, o fato de eu ter um carro com um *slogan* pintado. Fui bom o bastante para ela antes, meu dinheiro foi bom o bastante para gastar com ela...

Ele falara demais, e sua raiva deu lugar a uma repentina lembrança de onde ele estava e com quem estava falando.

— Quer dizer, dei a ela umas amostras, eu...

— Por serviços prestados, sem dúvida?

— Que diabo significa isso?

— O senhor disse que ela lhe mostrou os quadros do irmão sem o consentimento dele. Uma gentileza, Sr. Kirkpatrick. Vale um vidro de esmalte ou um sabonete, imagino.

Wexford sorriu.

— O que fez, pediu emprestado um carro mais discreto?

— Repito, não fomos a parte alguma: se tivéssemos ido, poderíamos ter ido no carro dela.

— Oh, não — disse Wexford calmamente. — Não poderiam ter usado o dela. O radiador estava vazando. Acho que conseguiu um carro verde e o usou para levar a Srta. Margolis para Stowerton.

Ainda ressentido com a zombaria que seu carro causara, Kirkpatrick resmungou:

— Acho que alguém me viu em Stowerton. Foi Cawthorne? Vamos, precisa me dizer quem foi.

— Por que Cawthorne?

Kirkpatrick enrubesceu. Seu rosto ficou cheio de manchas.

— Ele mora em Stowerton — disse gaguejando um pouco nos sons dentais e no sibilante. — Ele estava dando a festa.

— O senhor estava indo para a Escócia — disse Wexford pensativo. — Deve ter dado uma volta para passar por Stowerton.

Levantou-se calmamente e se dirigiu ao mapa na parede.

— Veja, aqui é a London Road e o senhor teria de vir por aqui, ou para o leste, por Kent, se quisesse chegar a Londres. Não importa que caminho escolhesse, Stowerton fica a quilômetros de distância de sua rota.

— Que diabo importa isso? — explodiu Kirkpatrick. — Eu tinha de passar o tempo. Não tinha mais nada para fazer. Não queria chegar na Escócia de madrugada. O mais importante é que Ann não estava comigo. Meu Deus, ela não estava nem em Stowerton, ela não foi àquela festa!

— Eu sei — disse Wexford voltando para sua cadeira. — O irmão dela sabe e o Sr. Cawthorne sabe, mas como você sabe? Você só voltou para Sussex esta manhã. Agora escute, um reconhecimento esclareceria tudo. Tem objeções?

De repente Kirkpatrick pareceu cansado. Podia ser mera exaustão física, ou talvez o esforço de mentir — e mentir em vão — estava pesando nele. Sua boa aparência era particularmente vulnerável à ansiedade. Dependia da postura insolente de sua cabeça, de um sorriso em seus lábios cheios. Agora havia suor em seu lábio superior, e os olhos castanhos, seu ponto mais atraente, pareciam os de um cachorro a quem alguém tivesse pisado no rabo.

— Eu gostaria de saber em que isto ajudaria — disse de mau humor. — Gostaria de saber quem me viu, onde, e o que eu supostamente andei fazendo?

— Vou dizer-lhe, Sr. Kirkpatrick — disse Wexford endireitando sua cadeira.

— Quando terei meu tapete de volta? — perguntou Ruby Branch. — Não somos uma lavanderia, sabia? Não temos serviço de urgência.

Ela deve estar sonhando com a época, pensou Burden, em que as mulheres usavam véu não apenas para sair à rua. Ele se lembrava de um chapéu de sua avó que tinha um véu grosso, provavelmente opaco, que, quando abaixado, era um disfarce perfeito para quem o usava.

— Pena que não estamos no Marrocos — disse ele. — Você poderia colocar seu *yashmak*.*

* *Yashmak*: véu usado pelas mulheres muçulmanas, que só deixa os olhos de fora. (N. T.)

Ruby olhou para ele zangada. Puxou a aba do chapéu quase cobrindo os olhos e amarrou no queixo um lenço de *chiffon.*

— Serei uma mulher marcada — falou ela. — Espero que saibam disso. Suponhamos que eu o reconheça e ele fuja? As prisões não conseguem segurá-los hoje em dia. Basta ler os jornais.

— Você terá de correr o risco.

No carro, ela disse desconfiada.

— Sr. Burden? O senhor não disse se vai tomar alguma atitude com relação ao outro caso, o de manter uma casa não-sei-como-se-chama?

— Isto depende. Veremos.

— Estou inteiramente à sua disposição para ajudá-lo.

Eles ficaram em silêncio até os arredores de Kingsmarkham. Então Burden falou:

— Seja honesta comigo, Ruby. O que Matthews algum dia fez por você exceto gastar o seu dinheiro e arruinar o casamento de vocês?

A boca pintada tremeu. Havia calos e grandes manchas cinzas causadas pelo trabalho doméstico nos dedos que levaram o lenço à boca.

— Significamos tanto um para o outro, Sr. Burden.

— Isto foi há muito tempo — falou ele amavelmente. — Você deve pensar no agora.

Era cruel o que tinha de dizer. Talvez a justiça sempre seja, e ele era usado, se não para administrá-la, pelo menos para colocar as pessoas em seus bancos. Nesse momento, para descobrir o que queria, ele levaria Ruby para longe deles e a crueldade teria de ser seu instrumento.

— Faltam quase dez anos para você se aposentar. Quantas dessas mulheres para as quais trabalha a empregariam se soubessem o que andou fazendo? Elas saberão, Ruby, elas lêem jornal.

— Não quero colocar George numa situação difícil.

Como Wexford, teve um momento de reflexão antes de lembrar que George era o primeiro nome de Monkey.

— Fui louca por ele. Sabe, nunca tive filhos, nunca tive o que chamariam de um verdadeiro marido. O Sr. Branch era bastante velho para ser meu pai.

Ela calou-se e com um pequeno lenço de renda enxugou o espaço manchado de lágrimas entre a *écharpe* e a aba do chapéu.

— George tinha estado na prisão. Quando o encontrei, ele pareceu — bem, tão feliz de me ver.

Apesar de tudo, Burden emocionou-se. Podia se lembrar do velho Branch, trêmulo e estranho com o passar dos anos.

— George pegou minhas quatro libras — disse ela chorosa —, toda a bebida que eu tinha em casa e Deus sabe quantas boas refeições, mas ele não faria sujeira comigo. Não é fácil, Sr. Burden, quando se tem recordações e não se consegue...

— Ele não merece sua lealdade. Vamos lá. Anime-se. O Sr. Wexford vai pensar que eu a torturei. Nunca ouviu Geoff Smith chamar aquela moça de Ann, ouviu? Foi tudo combinado para salvar Monkey.

— Acho que sim.

— Boa garota. E revistou o quarto quando encontrou a mancha?

— Eu estava apavorada demais para fazer isso. Olhe, Sr. Burden. Tenho pensado muito nisso. George ficou sozinho lá durante muitas horas na quinta-feira escrevendo aquela carta, enquanto eu estava fora trabalhando. Acho que ele deve ter achado alguma coisa que eles deixaram lá.

— Também tenho pensado, Ruby, e acho que grandes cabeças pensam igual.

Quando chegaram à delegacia de polícia, havia uma dúzia de homens alinhados no pátio. Nenhum tinha mais de um metro e oitenta e todos tinham cabelos entre o castanho médio e o negro carvão. Kirkpatrick era o quarto a partir da esquerda. Ruby caminhou hesitante, cautelosa, ridícula em seus saltos altos e com o rosto enfaixado. Wexford, que não ouvira sua história, conteve o riso com dificuldade, mas Burden olhava para ela com ar tristonho. Os olhos dela passearam pelos três primeiros homens à esquerda e pararam um instante em Kirkpatrick. Ela chegou mais perto e caminhou vagarosamente, ocasionalmente virando-se para olhar por cima dos ombros. Depois voltou. Kirkpatrick parecia estar com medo, tinha uma expressão espantada. Ruby parou na frente dele. Um clarão de reconhecimento pareceu surgir e isto ficou claro tanto nele quanto nela. Ela continuou, observando mais longamente o último homem à direita.

— Bem? — indagou Wexford logo que entraram.

— Por um momento pensei que fosse o último.

Wexford sorriu amável. "O último" era o policial Peach.

— Mas depois vi que estava errada. Pode ser aquele com a gravata vermelha.

Kirkpatrick.

— Pode ser? Por que pode ser?

Ruby disse apenas:

— Eu o conheço. Não conheço nenhum dos outros. Seu rosto tem algo de famiilar.

— Sim, sim. Meu rosto é familiar a você, mas eu não aluguei seu quarto clandestino terça-feira passada.

Debaixo do véu, Ruby parecia ressentida.

— O que eu quero saber é... ele é Geoff Smith?

— Não sei. Eu não o reconheceria se o visse agora. Desde terça-feira fico morta de medo toda vez que vejo um homem moreno na rua. Tudo o que sei é que eu vi aquele sujeito com a gravata vermelha em algum lugar na semana passada. Talvez tenha sido na terça-feira. Não sei. Ele também me reconheceu. O senhor percebeu?

Ela emitiu um pequeno som choroso, lamuriento. De repente era uma menininha com um rosto de velha.

— Quero ir para casa — falou, olhando malevolamente para Burden.

Ele sorriu de volta filosoficamente. Ela não era a primeira pessoa a fazer-lhe uma confissão e depois se arrepender.

Kirkpatrick voltou para o escritório de Wexford, mas não se sentou. Como Ruby não o reconheceu, sua confiança fora restaurada, e Wexford chegou a pensar que ele ia acrescentar detalhes adicionais à imagem que tentara criar de si mesmo como um patrono ou conhecedor de arte. Pegou a escultura de cristal azul e apalpou-a com conhecimento de causa enquanto olhava mal-humorado para Wexford.

— Espero que esteja satisfeito. Acho que fui muito paciente. Pôde ver que aquela mulher não me reconheceu.

"Você *a* reconheceu", pensou Wexford. "Você estava em Stowerton e, apesar de não ter ido à festa, e de não ser amigo do irmão, sabia que Anita Margolis não foi".

Kirkpatrick agora estava relaxado, respirando com facilidade.

— Estou muito cansado. Fui particularmente paciente e cooperativo. Poucas pessoas que tivessem dirigido seiscentos e quarenta quilômetros teriam sido tão afáveis.

A peça de vidro de trinta centímetros de altura foi cuidadosamente recolocada na mesa e ele balançou a cabeça como se tivesse terminado de submetê-la a uma avaliação especializada. "Seu exibicionista", pensou Wexford.

— O que desejo agora é um bom sono e tranqüilidade. Por isso, se há alguma coisa que queiram, devem falar agora.

— Ou do contrário mantenham-se para sempre em silêncio? Não trabalhamos desse modo, Sr. Kirkpatrick.

Mas Kirkpatrick parecia não ter ouvido.

— Tranqüilidade. Não quero que incomodem ou amedrontem minha família. O fato de a mulher não ter me reconhecido deve encerrar o assunto para sempre. Eu...

"Você fala demais", pensou Wexford.

"A Vinha adquirira uma Alma; que por todos os lados
Se adere à minha existência... permite o escárnio de Sufi;
De meu mental básico pode-se fazer uma Chave.
Que abrirá a Porta sem a qual ele esbraveja que não pode passar."

9

Depois da chuva, a cidade parecia lavada. O sol do entardecer fazia as ruas brilharem como lençóis dourados e um fino vapor subia delas. Estava fresco, até quente, e o ar carregado de umidade. A excitação fizera uma mancha nas bochechas de Drayton enquanto ele dirigia, pela High Street, o carro alugado do Cawthorne e estacionava no beco. Ele queria encher os pulmões de ar fresco, não desta coisa nojenta que o fazia ficar sem respiração.

Vê-la foi um choque. Ele tivera fantasias sobre ela nesse meio tempo e achara que a realidade o desapontaria. Ela era apenas uma garota de quem ele gostara e que possuiria se pudesse. Acontecera uma dúzia de vezes antes. Então por que, apesar de a loja estar cheia de fregueses, e de garotas bonitas, ninguém tinha rosto, eram todos idiotas? A sensualidade que o invadira na noite anterior fora da loja, e que desde então se transformara numa agradável sensação clínica, voltou como uma rajada e se apossou dele, que olhava para ela enquanto a sineta da porta batia em seus ouvidos.

Seus olhos se encontraram e ela abriu o sorriso secreto que era apenas um levantar dos cantos da boca. Ele deu-lhe as costas e esperou, observando a banca de livros em brochura. A loja tinha um cheiro desagradável, fedor de comida que talvez viesse de onde quer que eles comessem na área dos fundos, o azedume de doces abertos, poeira que enchia os cantos onde ninguém tentava alcançar. Na prateleira acima de sua cabeça o *spaniel* de porcelana ainda carregava seu vaso de flores empoeiradas. Ninguém jamais o compraria, assim como ninguém compraria o cinzeiro e o vaso que o flanqueavam. Que conhecedor de Wedgwood — que conhecedor de qualquer coisa, esta é a verdade — sequer entraria nesta loja?

Mais e mais fregueses continuavam a chegar. O constante tilintar da sineta deu nos nervos de Drayton. Ele girou a banca de livros e as capas coloridas rodaram como num caleidoscópio sem sentido, uma arma, uma caveira sob um chapéu de abas longas, uma moça deitada em sangue e rosas. Seu relógio lhe disse que ele estava na loja há apenas dois minutos.

Só ficara um freguês. Então entrou uma mulher para comprar um molde de vestido. Ele ouviu Linda dizer amavelmente, mas com um certo desprezo:

— Desculpe, já fechamos.

A mulher começou a discutir. Ela precisava do molde aquela noite, era urgente. Drayton sentiu o encolher de ombros de Linda, ouviu uma frase firme de recusa. Então era assim, com esta paciência fria e obstinada que ela em geral recusava os pedidos? A mulher foi embora resmungando. A veneziana foi baixada na vitrine e ele a viu virar o aviso na porta.

Ela se afastou da porta e caminhou em direção a ele bem devagar. Porque ela não sorria e seus braços pendiam tensos, ele pensou que ela ia dizer alguma coisa, talvez pedir desculpas ou dar alguma explicação. Em vez disso, sem uma palavra ou um movimento das mãos, ela levantou a boca, abrindo os lábios com uma espécie de suspiro sensual. Ele imitou-a e por um momento os dois se uniram apenas no beijo. Então pegou-a nos braços e fechou os olhos para não ver a paródia das capas dos livros que zombavam dele, a orgia dos amantes desfigurados, copulando acima, abaixo e ao lado um do outro, um moderno rito de fertilidade em massa.

Ele soltou-a e murmurou.

— Vamos.

Ela deu uma risadinha breve que fez com que ele desse uma risada baixa, relutante. Eles estavam rindo, ele sabia, de sua própria fraqueza, de sua falta de controle ante o domínio da emoção.

— Sim, vamos.

Ela respirou forte. Sua risadinha nervosa nada tinha a ver com diversão.

— Mark — disse levemente interrogativa, e depois: — Mark — de novo, como se a repetição de seu nome resolvesse alguma coisa para ela. Para ele, parecia uma promessa.

— Vamos a Pomfret. Estou de carro.

— Para a Floresta Cheriton?

Ele aquiesceu, desapontado.

— Já esteve lá?

O que a pergunta subentendia não passou despercebido.

— Com mamãe e papai em piqueniques.

Ela olhou para ele séria.

— Não assim.

Podia significar muito ou pouco. Podia significar que ela nunca estivera lá com um namorado, com nenhum homem para fazer amor ou apenas passear de mãos dadas. As palavras eram um disfarce do pensamento e da intenção.

Ela entrou no carro ao lado dele e iniciou um pequeno ritual de arrumar a saia, tirar as luvas, colocá-las na bolsa sob o painel. Que estranha compulsão tinham as mulheres com seus gestos, o cuidado com seus objetos pessoais! E como raramente se abandonavam. A expressão dela não era a que vira quando eles se afastaram do abraço, mas uma arrogante máscara afetada, arrumada na moldura da janela do carro, a fim de que o mundo pudesse observar sua serenidade num carro com um homem.

— Onde gostaria de comer? Pensei no Hotel Cheriton, no começo da floresta.

Ela balançou a cabeça.

— Não estou com fome. Poderíamos tomar um drinque.

Uma garota como ela já estivera num lugar como aquele antes? Ela resistiria a ser vista lá? Com todas as suas forças ele a desprezou por causa de suas origens, de sua conversa pobre, da pequenez digna de pena de seu mundo. Porém, sua presença física o excitava de modo quase insuportável. Como ele agüentaria uma hora de conversa com ela no vestíbulo de um hotel, sobre o que conversariam, como ele conseguiria ficar sem tocá-la? Ele nada tinha a lhe dizer. Havia regras nesse jogo, gracejos amorosos estabelecidos, correspondendo à corte no mundo ornitológico, uma espécie de dança e volteios. Mais cedo naquela noite, antes de ir para a loja, Drayton de certo modo ensaiara esses preâmbulos, mas agora isto parecia supérfluo. O beijo os levara ao limite. Ele desejava uma gracinha dela, um clarão de alegria que pudesse transformar sua excitação provocada pela luxúria em algo mais civilizado.

— Engraçado — disse ele estupidamente. — Na noite em que eu alugo um carro é a primeira que não chove em semanas.

— Não poderíamos ter vindo até aqui sem ele.

Na frente deles, as luzes de Pomfret brilhavam no lusco-fusco através das árvores verdejantes.

— Está escurecendo — disse ela.

Procurando desesperadamente algo para conversar, ele infringiu uma regra.

— Interrogamos um sujeito chamado Kirkpatrick hoje.

Era não ortodoxo, talvez errado, falar do trabalho da polícia.

— Ele é um freguês de vocês. Você o conhece?

— Eles não dizem seus nomes.

— Ele mora nestas redondezas.

Exatamente aqui, pensou. Deve ser aqui. A negra escarpa da floresta apareceu diante deles e, na frente dela, como caixas jogadas num prado verde, uma dúzia de habitações azuis e brancas chamadas de "casas de aldeia".

— Oh, olhe! — disse ela. — Aquele carro.

Lá estava ele, na entrada de uma das casas, com seu repugnante rosa e lilás à luz do alpendre.

— É este o homem do qual falou, não é? Imagine andar por aí num carro como este. Morro de rir.

Seu entusiasmo diante de algo tão pueril irritou-o. Ele sentiu sua boca se retesar.

— O que ele fez?

— Não deve me perguntar isso.

— Você é muito cauteloso — disse ela, e ele sentiu que ela olhava para ele.

— Seus chefes devem tê-lo em alto conceito.

— Espero que sim.

Ele achou que ela estava sorrindo, mas não ousou se virar. De repente passou-lhe pela cabeça que o silêncio e a estupidez dela talvez se devessem à mesma causa que o silêncio dele, e isto o perturbou. A estrada era escura no ponto em que os pinheiros começavam, escura demais para ele se dar ao luxo de tirar os olhos dela por um minuto. Ao longe, entre ondas negras de coníferas, ele viu as luzes do hotel. Ela colocou a mão no joelho dele.

— Mark, Mark, não quero aquele drinque.

Eram quase nove horas quando ligaram da delegacia para a casa de Burden.

— Ruby Branch está aqui novamente, senhor — a voz era de Martin. — Ela está com Knobby Clark e quer vê-lo. Não querem me dizer nada.

Ele parecia desculpar-se, como se esperasse ser repreendido. Mas tudo o que Burden disse foi:

— Vou já para aí.

Em sua garganta, ele podia sentir aquela estranha constrição, aquele puxão nervoso que significava que alguma coisa ia acontecer, finalmente. Seu cansaço se foi.

Ruby estava no vestíbulo da delegacia policial, com uma aparência desprezível, quase martirizada, e uma expressão de estoicismo. A seu lado, numa cadeira vermelha em formato de colher, inadequada para conter seu enorme corpo rotundo, sentava-se o receptador de Sewingbury. Olhando para ele. Burden lembrou-se da última vez em que haviam se encontrado. Knobby parecia nervoso agora e tinha um ar suplicante, mas da vez anterior sua postura fora de desdém para barganhar e rejeitar. Burden reviu a mulher tímida com modos de dama que fora vender as jóias presenteadas pelo marido. Seu coração endureceu e logo lhe subiu a raiva.

— Muito bem, o que quer?

Com um longo suspiro triste, Ruby passou os olhos pelos móveis do vestíbulo onde estavam sentados e foi para eles que pareceu se dirigir.

— Belo modo de falar quando tive o trabalho de vir até aqui. Fiz um grande sacrifício.

Knobby Clark nada disse. Com as mãos no bolso, parecia concentrado em manter o equilíbrio numa cadeira feita para traseiros menores do que o dele. Os olhos pequeninos com bolsas de gordura estavam parados e vagos.

— O que ele está fazendo aqui? — perguntou Burden.

Porta-voz de ambos, evidentemente por sua própria recreação, Ruby respondeu:

— Achei que George o procurara, já que eles são velhos companheiros. Fui de ônibus até Sewingbury depois que saí daqui.

Ela fez uma pausa.

— Depois que ajudei vocês — disse significativamente. — Mas se não quer saber, tudo bem para mim.

Segurando a bolsa, levantou-se. Sua gola de pele ondulou ante a agitação dos grandes seios embaixo dela.

— É melhor virem até minha sala.

Ainda calado, Knobby Clark ergueu-se cuidadosamente da cadeira. Burden podia ver facilmente o alto de sua cabeça. O que restava de seu cabelo era um tufo fofo que também lembrava a coroa cheia de restolhos de um infortunado nabo sueco.

Para não perder mais tempo, disse:

— Bem, vamos ver. Que é que há?

Foi recompensado com nada mais do que um ligeiro tremor dos enormes ombros de Knobby.

— Importa-se de fechar a porta? — perguntou Ruby.

Na sala estava mais claro e seu rosto parecia em ruínas.

— Mostre para ele, Sr. Clark.

O pequeno joalheiro hesitou.

— Olhe, Sr. Burden — Knobby Clark falou pela primeira vez — O senhor e eu não temos problemas há muito tempo, não é? Há sete ou oito anos.

— Seis — corrigiu Burden rispidamente. — No próximo mês faz seis anos desde que você teve seu pequeno quinhão de problema por receptar aqueles relógios.

Knobby disse ressentido:

— Isso foi quando eu fui solto.

— Acho que isto não vem ao caso — Ruby sentou-se adquirindo confiança. — Não entendo por que tenta diminuí-lo. Vim aqui por minha livre e espontânea vontade...

— Cale-se — falou Burden rudemente. — Acha que não sei o que está acontecendo? Você está com raiva de seu namorado, quer se vingar. Assim, foi à loja deste patife em Sewingbury e perguntou-lhe o que Monkey Matthews vendeu para ele na última quinta-feira. Diminuí-lo! Parece piada. Se ele fosse muito menor nós tropeçaríamos nele.

Ele engoliu em seco.

— Não foi espírito público, foi ódio. É claro que Clark a acompanhou quando lhe contou que Monkey estava aqui. Agora pode continuar, mas poupe-me as lamúrias.

— Knobby quer ter a certeza de que não terá problemas — disse Ruby, agora reduzida a um murmúrio lacrimoso. — Ele não sabia. Como eu poderia saber? Deixei George sozinho por algumas horas na quinta-feira enquanto estava trabalhando, ganhando dinheiro para mantê-lo no luxo...

Talvez tenha se lembrado do aviso de Burden quanto ao sentimentalismo, porque continuou mais calma.

— Ele deve ter achado embaixo de uma de minhas cadeiras.

— Achado o quê?

Uma mão gorda entrou num bolso deformado, emergiu e jogou algo pesado e brilhante na mesa de Burden.

— Eis uma adorável peça de artesanato para o senhor, Sr. Burden. Dezoito quilates de ouro e o trabalho de um mestre.

Era um isqueiro de um ouro brilhante e avermelhado, com o comprimento e a largura de uma caixa de fósforos, porém mais fino, tendo nos lados, delicadamente entalhado, um desenho de uvas e folhas de videira. Burden virou-o e fez beicinho. Em sua base havia uma inscrição: "Para Ann, que ilumina minha vida".

Uma grande fenda abriu-se no rosto de Knobby, como uma ferida que inflama deixando um inchaço maior do que a casca. Ele estava sorrindo.

— Foi quinta-feira de manhã, Sr. Burden.

As mãos intumescidas se esticaram e tremeram.

— "Dê uma olhada nisso", Monkey diz para mim. "Onde o conseguiu?", digo eu, conhecendo sua reputação. "Nem tudo que brilha é ouro", disse eu...

— Mas se não fosse ouro — disse Burden irritado — poderia brilhar até a chegada do Salvador que você não se importaria.

Knobby olhou para ele malevolamente.

— "Minha velha tiazinha deixou para mim", diz ele, "minha tiazinha Ann". "Velhota estranha ela deve ter sido", disse eu. "Não lhe deixou também a charuteira e a garrafa de bolso?" Foi só uma brincadeira, Sr. Burden. Nunca pensei que fosse roubado. Não estava na lista.

Seu rosto fendeu-se de novo, virtualmente desta vez.

— Paguei vinte...

— Não seja criança. Não estou senil e você não é nennum filantropo.

De novo Burden se lembrou da mulher com as jóias.

— Deu-lhe dez — disse irritado.

Knobby Clark não negou.

— O prejuízo é meu, Sr. Burden. Dez ou vinte, não crescem em árvore. O senhor não vai fazer nada, não é? Sem problemas?

— Dê o fora — disse Burden cansado.

Knobby foi embora. Parecia menor do que nunca, apesar de dar a impressão de andar na ponta dos pés. Depois que ele partiu, Ruby apoiou a cabeça vermelha nas mãos.

— Agora está feito. Meu Deus, nunca pensei que prejudicaria o George.

— Ouvindo o galo cantar longe daqui, não é?

— O senhor é um homem insensível. O senhor se parece cada vez mais com seu chefe.

Burden não ficou contrariado com isso.

— Você também pode ir. Vamos esquecer o outro negócio. Já desperdiçou muito tempo e dinheiro públicos. Concentre-se nas faxinas no futuro — ele sorriu, seu bom humor quase voltara. — Você tem o dom de limpar a sujeira dos outros.

— O senhor me deixaria ver George?

— Não, não abuse de sua sorte.

— Achei que o senhor não deixaria — ela soluçou. — Queria dizer que sinto muito.

O rosto dela era feio, maquiado e velho.

— Eu o amo — disse ela, e sua voz soou muito cansada. — Eu o amei vinte anos. Sei que o senhor não pode entender isso. O senhor e os outros. É uma piada suja para o senhor, não é?

— Boa noite, Ruby. Estou ocupado.

Wexford teria se saído melhor. Teria dito algo irônico, duro... e amável. Ela tinha razão. Ele, Burden, não podia entender, nunca entenderia, não queria entender. Para ele, aquele tipo de amor era um livro fechado, pornografia para a biblioteca do Grover. Desceu para ver Monkey Matthews.

— Você devia comprar um isqueiro, Monkey — disse através da fumaça, observando o monte de fósforos queimados.

— Não me dou bem com eles, Sr. Burden.

— Nem com um de ouro? Ou preferiria a grana?

Ele o manteve na palma da mão, depois levantou-o para que a luz batesse nele.

— Roubando coisa achada. Oue decadência!

— Suponho que não adianta perguntar como descobriu?

— Acertou.

— Ruby não faria uma coisa dessas comigo.

Burden hesitou por um segundo. Ela dissera que ele estava ficando parecido com Wexford e ele considerara um cumprimento. Talvez ele pudesse imitar não somente a dureza do inspetor-chefe. Abriu bem os olhos e disse indignado:

— Ruby? Estou surpreso com você.

— Não, não acredito que ela pudesse fazer uma coisa dessas. Esqueça o que eu disse. Diferente daquele desgraçado do Knobby Clark. Ele venderia a própria mãe por dois tostões.

Resignado, Monkey acendeu outro cigarro.

— Quanto tempo vou pegar? — perguntou.

Os faróis do carro estavam apagados. Ele o estacionara numa clareira cercada de árvores densas, altos abetos negros e pinheiros plantados para serem transformados em mastros. Seus troncos cinzentos eram indiscerníveis a alguns metros adiante na orla do bosque. Embaixo deles não havia nem noite, nem dia, apenas um labirinto escuro.

Ele a tomou nos braços e pôde ouvir seu coração batendo. Era o único som. Ele pensou que estaria escuro quando abrisse os olhos — fora um beijo longo e ardente — e o pálido lusco-fusco o surpreendeu.

— Vamos passear — disse ele, pegando-lhe as mãos.

Eles estavam bem agora. Tudo dera certo. Ele não sabia por que mas, em vez da sensação de vitória, sentia um medo sutil e nunca antes experimentado. Não era de modo algum um medo de fracasso físico, ou psicológico, mas uma apreensão diante de um terrível envolvimento. Até agora suas aventuras sexuais haviam sido transitórias, algumas vezes agradáveis, nunca um estímulo à introspecção. Mas ele percebeu que de modo algum haviam sido uma preparação ou um ensaio. Na realidade, os sentimentos decorrentes delas e que elas geraram haviam sido bastante diferentes das sensações que ele tinha agora, tanto no que diz respeito ao tipo quanto à intensidade. Ele estava totalmente subjugado por algo novo e amedrontador. Pode-se dizer que era a primeira vez.

— É como um país estrangeiro — disse ela.

Era. Um lugar desconhecido, estranho, com uma linguagem intraduzível. O fato de ela sentir o que ele sentia, de modo idêntico, telepaticamente, o fez ofegar. Depois olhou para ela e, seguindo seu olhar para a copa das árvores, percebeu com uma repentina sensação de desapontamento que ela se referira à floresta, não a um estado de espírito.

— Já esteve em algum?

— Não, mas é assim. E é como a noite passada. Sozinha com você entre altos muros. Você pensou nisso quando me trouxe aqui?

Eles começavam a subir uma aléia que, cortando a ladeira de modo tão uniforme e preciso, parecia uma incisão na grossa carne preta de uma ferida costurada.

— Pensou nisto?

— Talvez.

— Foi inteligente de sua parte.

Ela respirava normalmente, apesar da subida ser íngreme. À esquerda deles e um pouco mais à frente havia uma pequena trilha entre as árvores.

— Não existe nenhuma janela aqui?

Mais do que qualquer coisa no mundo, mais do que possuí-la toda, naquele momento ele queria ver aquele sorriso secreto, aquele levantar dos lábios sem abri-los. Ela não sorrira desde que eles haviam entrado na floresta e aquele sorriso era a essência, o verdadeiro núcleo de sua atração. Sem ele, ele poderia beijá-la, até obter o que pretendera com o passeio, mas perderia o sabor, o perfume e metade do prazer — ou talvez fosse salvo. Ele já era escravo de um fetiche.

Repetindo o que ele dissera, ela falou suavemente:

— Nenhuma janela... Ninguém para olhar para você ou para fazê-lo parar.

Ela acrescentou sem fôlego, virando para olhar para ele e seus corpos e olhos ficaram próximos.

— Estou cansada de ser observada, Mark.

Um pequeno quadrado laranja numa parede, uma sineta que sempre tocava, uma voz queixosa chamando.

— Você está comigo e ninguém me observa.

Em geral, ele era sutil, mas sua proximidade o privava de freios e colocava para fora a bazófia do macho. Antes que ele pudesse se controlar, o pedido saiu:

— Sorria para mim — disse num murmúrio tenso.

Os dedos dela se fecharam em seus ombros. Não firmes ou apaixonadamente, mas com uma pressão leve, quase calculadamente sedutora. Seus olhos estavam bastante neutros e o convite veio inteiramente do tremor de pesados cílios entrecerrados.

— Oh, sorria...

Então, de repente, ele foi recompensado. Uma terrível premência o possuiu, mas ele a tomou vagarosamente nos braços, olhando para o sorriso que era o ponto focal de todo o seu desejo, e então suas bocas se aproximaram.

— Não aqui — ela sussurrou. — No escuro. Leve-me para o escuro.

A resposta dela foi forte porém fluida. As palavras, ditas contra os lábios dele, pareciam fluir no corpo dele como vinho e enchê-lo de calor.

Uma trilha acenou para eles e ele abraçou-a, meio carregando-a, para as profundas sombras da orla da floresta. Acima deles, as agulhas dos pinheiros murmuravam e o som era como as vozes distantes dos pombos. Ele tirou o casaco e colocou-o no chão arenoso. E então a ouviu murmurar palavras que não podia entender, mas que sabia que não eram hesitantes ou passivas. As mãos dela o procuraram para puxá-lo para junto dela.

A escuridão era quase absoluta e era desta secreta escuridão anônima que ela parecia precisar tanto quanto ele precisara de seu sorriso. Sua faceirice, seu silêncio tímido, deram lugar a uma ânsia febril. Ele soube que não havia nem falsidade nem simulação quando ela segurou o rosto dele com suas longas mãos que haviam se tornado fortes e seguras. Ele beijou seu pescoço e seus seios e ela deu um longo suspiro de prazer. A escuridão era um rio quente no qual mergulharam. Isto era chamado de a pequena morte, pensou ele, e então a capacidade de pensar desapareceu.

10

QUASE IMEDIATAMENTE APÓS ele bater, a porta do chalé se abriu. Um claro raio de sol mostrou um casaco preto com bolas cor de malva e um perspicaz rosto afogueado.

— De volta ao ninho — disse a Sra. Penistan.

Burden pestanejou. Não sabia se ela se referia à chegada dele ou ao inesperado aparecimento dela mesma. Ele explicou, dando uma de suas estranhas risadas.

— Vi o anúncio do Sr. M. e fiquei com pena dele, disse que voltaria e ficaria até *ela* aparecer.

Aproximando-se com a vassoura apontada como uma lança, sussurrou confidencialmente:

— Se ela voltar — e deu um passo para o lado para ele entrar. — Cuidado com o balde — continuou. — Isto aqui está uma bagunça. Ainda bem que meus rapazes não sabem o que eu enfrento. Se vissem este lugar me tirariam daqui antes que alguém tivesse tempo de dizer uma palavra.

Lembrando-se dos Penistan com cara de coruja, que não primavam pela devoção filial, Burden só conseguiu dar um sorriso sem graça. A mãe dos rapazes colocou o rosto em frente ao dele, desta vez tão contente que parecia ter conquistado a felicidade, e disse:

— Não me surpreenderia se houvesse micróbios subindo pelas paredes.

Uma gargalhada estranha o seguiu até o estúdio.

Os esforços dela pareciam ter sido em vão diante da bagunça e sujeira gerais. Talvez ela tivesse acabado de chegar. Nada havia sido limpo ou espanado e, ao cheiro normalmente desagradável, se acrescentava um perfume amargo, provavelmente dos restos na dúzia ou mais de xícaras vazias espalhadas nos móveis e no chão. Aqui, como em nenhum outro lugar, o vigor e a sagacidade de Ruby eram necessários.

Margolis estava pintando. Além dos tubos de tinta a óleo espalhados à sua volta, havia vários potinhos de material não-identificável. Um parecia conter areia, outro pedaços de ferro. O pintor levantou os olhos quando Burden entrou.

— Decidi não pensar no assunto — disse com mais segurança do que se poderia esperar. — Estou simplesmente me dedicando ao meu trabalho. Ann voltará.

E acrescentou, como se encerrando o assunto:

— A Sra. Penistan concorda comigo.

Esta não fora a impressão que Burden tivera ao entrar. Sem comentários — deixemos o homem ficar contente enquanto puder —, mostrou o isqueiro.

— Já o viu antes?

— É um isqueiro — disse Margolis prudente, como um arqueólogo experiente identifica uma descoberta num túmulo antigo.

— A questão é esta: é de sua irmã?

— Não sei. Nunca o vi antes. As pessoas estão sempre dando presentes a ela. — Ele o manuseou. — Veja, tem o nome dela.

— Está escrito Ann — Burden corrigiu.

Uma vassoura precedeu a entrada da Sra. Penistan no estúdio. Ela parecia não se divertir tanto com as observações do patrão mas com o próprio fato de ele existir, porque, atrás dele, enquanto contemplava o isqueiro, piscou para Burden.

— Deixe-me dar uma olhada — disse ela.

Uma olhadela foi o suficiente.

— Não, não.

Dessa vez sua risada pareceu se dirigir à ingenuidade de Burden, ou talvez ao fato de ele supor que Margolis era capaz de identificar alguma coisa. Burden invejou sua ignorância. Para ela não existia o dilema de imaginar como conviver com um gênio. Aqui estava um homem inepto em questões práticas, vago em seu modo de falar; além disso, era um lunático, permitindo-se ser jovial e ter uma espécie de piedade tosca.

— Ela nunca teve nada assim — disse com firmeza. — Ann e eu costumávamos ter nossa pausa para o café no meio da manhã. Sempre estava com um cigarro, sim. Você precisa de um isqueiro, eu disse, vendo como ela gastava milhares de caixas de fósforos. Faça com que algum de seus amigos lhe dê um. O Natal já passara, sabe, e o aniversário dela era em janeiro.

— Então ela pode ter ganho de aniversário?

— Se ganhou, não me mostrou. Nunca teve um isqueiro descartável também. Meu filho poderia conseguir-lhe um barato, ele está no negócio, eu disse, mas ela...

Burden interrompeu-a, seus ouvidos antecipavam dolorosamente a risada estridente que o final da história, apesar de sem graça, certamente provocaria.

— Vou indo — disse ele.

— Cuidado com o balde! — avisou a Sra. Penistan jovialmente.

Ele saiu caminhando por entre os narcisos. Tudo estava dourado naquela manhã, o sol, as claras flores brilhantes da primavera e o pequeno objeto em seu bolso.

O carro de Kirkpatrick estava na porta da garagem. Burden passou ao lado, seu casaco encostou no letreiro e nas flores cor de malva.

— Ele diz que está doente — disse a Sra. Kirkpatrick com uma voz alta e dura.

Burden mostrou seu cartão. Poderia ter sido um folheto de propaganda pelo modo como ela reagiu.

— Ele diz que pegou um resfriado.

Ela colocou um tom infinito de zombaria na última palavra, como se um resfriado fosse, entre todos os aborrecimentos, o menos digno de crédito e o mais bizarro. Fez Burden entrar e, deixando-o sozinho com as duas crianças de olhos grandes, disse:

— É melhor o senhor se sentar. Vou dizer a ele que está aqui.

Dois ou três minutos depois Kirkpatrick desceu. Vestia um roupão de seda sob o qual parecia estar completamente vestido. Burden lembrou-se dos personagens que usavam roupas semelhantes à dele, mas que eram mais joviais e mais afáveis, daquelas comédias de alcova dos anos trinta, ainda invariavelmente encenadas por grupos dramáticos locais e a cujas apresentações era algumas vezes levado por sua mulher. O cenário, com poltronas de *chintz* e imitação de madeira trabalhada aumentava essa impressão; Kirkpatrick parecia envergonhado. Se este fosse um palco, a platéia teria achado que ele esquecera suas falas. Não se barbeara. Sorriu para os filhos e acariciou o longo cabelo claro da filhinha.

— Vou arrumar as camas — disse a Sra. Kirkpatrick.

"Ela não fizera", pensou Burden, "uma declaração normalmente capaz de ser considerada uma ameaça, mas quase conseguira transformá-la numa ameaça". O marido aquiesceu, encorajando-a, sorrindo como alguém que deseja incentivar o interesse da mulher por uma atividade intelectual pouco comum.

— Sinto saber que não está se sentindo bem.

— Acho que é psicológico. A tarde de ontem me aborreceu muito — disse Kirkpatrick.

"Um resfriado psicológico", pensou Burden. "Esta é nova".

— Pena — disse Burden alto —, porque sinto dizer que o senhor terá de passar pela experiência de novo. Não acha que seria melhor se parássemos com esta farsa sobre estar interessado na Srta. Margolis por causa dos quadros do irmão?

Kirkpatrick olhou para o teto. No andar de cima, uma barulheira, como se sua mulher estivesse não fazendo as camas, mas quebrando a mobília.

— Sabemos muito bem que o senhor era amante dela — disse rudemente. — O senhor ameaçou matá-la. O senhor admitiu que estava em Stowerton terça-feira à noite.

— Não fale tão alto — disse Kirkpatrick com uma nota de agonia na voz. — Está bem. É tudo verdade. Estive pensando... por isso me sinto tão mal... estive pensando que teria de contar-lhe. Não é por *ela* — disse ele e olhou para o menino e a menina. — São meus filhos.

Em voz baixa, acrescentou:

— Eles sempre dão a custódia à mãe, não importa que espécie de mãe ela seja.

Burden deu de ombros impaciente.

— Já viu isso antes?

A cor que subiu ao rosto de Kirkpatrick era um sinal visível de uma emoção que Burden não pôde definir. Culpa? Medo? Ele esperou.

— É de Ann.

— Tem certeza?

— Eu o vi com ela.

Deixando de fingir, ele completou:

— Ela o jogou em meu rosto.

Apesar de estar quente no escritório, Kirkpatrick não tirou a capa de chuva. Ele viera de livre e espontânea vontade, dissera Burden a Wexford, para conversar com relativa liberdade longe da mulher.

— O senhor deu este isqueiro à Srta. Margolis? — perguntou Wexford.

— Eu? Como poderia comprar uma coisa dessas?

— Diga-me como sabe que é dela?

Kirkpatrick cruzou os braços e inclinou a cabeça.

— Foi há cerca de um mês — disse quase sussurrando. — Fui até a casa dela, mas ela não estava. Margolis não pareceu querer me conhecer e fiquei esperando-a no carro. Não neste carro, no outro, no preto.

Ele suspirou e continuou com a voz ainda mais baixa.

— Ela chegou cerca de meia hora depois. Fora à oficina. Saí do carro e me aproximei dela. O isqueiro estava na prateleira do seu Alpine e eu o peguei. Eu sabia que era novo e quando li a inscrição "Para Ann, que ilumina minha vida", bem, eu a conhecia e sabia que tipo de relação ela deveria ter com quem lhe dera.

Uma sutil histeria apossou-se do tom de sua voz.

— Vi tudo vermelho. Podia tê-la matado naquela hora. Cristo, não quis dizer isto! — passou a mão na boca como se com isto pudesse apagar as palavras imprudentes. — Não quis dizer isto. Vocês sabem que não, não é?

Wexford disse muito suavemente:

— Sei muito pouco sobre o senhor, Sr. Kirkpatrick. O senhor parece ter dupla personalidade. Uma hora diz que a Srta. Margolis era apenas a chave para entrar na galeria de arte do irmão, na outra que tinha um ciúme louco dela. Que personalidade é ... a dominante?

— Eu a amava — disse ele inflexível. — Tinha ciúmes.

— É claro — disse Wexford zombeteiro —, e o senhor não sabe a diferença entre um Bonnard e a pata de um touro.

— Continue a falar do isqueiro — disse Burden.

Em vez de continuar, o homem falou desoladamente:

— Minha mulher não pode saber. Deus, eu estava louco, maluco, para me envolver com aquela garota.

Quando percebeu e entendeu que Wexford não lhe prometera discrição disse furioso:

— Eu não a matei, não sei nada sobre isso.

— Para um homem apaixonado, o senhor não está muito triste, Sr. Kirkpatrick. Voltemos ao isqueiro, está bem?

Kirkpatrick arrepiou-se na sala aquecida.

— Eu tinha um ciúme louco. Ela tirou o isqueiro de mim e olhou para ele de um modo peculiar.

— O que quer dizer com um modo peculiar?

— Como se fosse algo digno de riso — respondeu ele furioso —, como se fosse uma droga de uma grande piada.

Passou a mão na testa.

— Posso vê-la agora com aquele casaco de pele malhada, linda, livre... Nunca fui livre daquele jeito. Ela segurava este pedacinho de ouro nas mãos. Leu a inscrição, leu alto e continuou a rir. "Quem lhe deu isto?" perguntei. "Meu generoso amigo tem um belo estoque de frases, não tem?", disse ela. "Você nunca pensaria numa coisa como esta, Alan. Tudo o que você faz é somar dois mais dois e concluir que são dezesseis". Não entendi.

Os dedos dele deixaram marcas brancas quando fizeram pressão na pele.

— Vocês falam de tristeza. Eu a amava sim, ou achava que sim. Se se ama alguém, deve-se sentir pena quando esse alguém morre, não? Mas, meu Deus, se eu não podia tê-la, tê-la só para mim, prefiro que esteja morta!

— O que estava fazendo em Stowerton terça-feira à noite? — perguntou Wexford ríspido.

— Não tenho de dizer-lhe isso — respondeu hesitante, não desafiadoramente, e desabotoou a capa, como se de repente estivesse sentindo calor.

— Eu não faria isso — disse Burden —, não se o senhor está indo embora. Como o senhor disse ontem, não podemos mantê-lo aqui.

Kirkpatrick pôs-se de pé. Parecia à beira de um colapso.

— Posso ir? — mexeu no cinto da capa, os dedos tremiam. — De qualquer modo, não há nada mais a dizer.

— Talvez eu vá com o senhor — disse Wexford. — Vou dizer o que farei. Darei uma passada em sua casa mais tarde.

— Quando as crianças estiverem dormindo — acrescentou Burden. — Talvez sua mulher saiba o que você estava fazendo em Stowerton.

— Se fizer isso — disse Kirkpatrick furioso — vai me fazer perder os filhos.

Respirando forte, virou o rosto para a parede.

— Ele pode acalmar-se lá, com Drayton como companhia — disse Wexford, tomando uma xícara de café no Café Carousel.

Era na frente da delegacia e ele o preferia à cantina. Toda vez que entrava no lugar, os elementos menos desejáveis desapareciam, e agora eles estavam sozinhos com a máquina de café expresso, as plantas de plástico e a vitrola automática que tocava Mantovani.

— Estranho Ruby reconhecê-lo — disse Burden — mas não ter certeza se ele é Geoff Smith.

— Não sei, Mike. Pelo seu código moral, e talvez pelo meu também, o comportamento dele não foi exatamente ético, mas não foi suspeito. Ela não deve ter prestado muita atenção nele.

— Não o suficiente para saber que ele era jovem, baixo e moreno. Kirkpatrick não é tão baixo, deve ter mais de um metro e setenta. É o disfarce que me confunde. Smith é óbvio, mas por que Geoff? Por que não John, pelo amor de Deus, ou William?

— Talvez Geoffrey seja o nome do meio de Kirkpatrick. Teremos de perguntar a ele.

Wexford tirou sua cadeira da passagem. Uma esbelta loura vestindo saia e blusa entrara no café e encaminhava-se para uma mesa atrás do biombo.

— A jovem Srta. Grover — sussurrou. — Parou para descansar pelo menos uma vez. Se seu pai estivesse lá, ela não teria a mínima chance de sair nem por cinco minutos.

— Ouvi dizer que ele é um tirano — disse Burden, observando a moça que, com uma expressão sonhadora, parecia estar nas nuvens. — Fico imaginando o que ele estava fazendo para ter um deslocamento de disco. Trabalho manual não era.

— Poupe o esforço para o que é pago para fazer — disse Wexford com uma risadinha zombeteira.

Linda Grover pedira um *milk shake* de framboesa. Burden a viu sugá-lo com um canudo e olhar em volta meio tímida, porque o canudo fazia barulho. Uma espuma rosada grudou no lábio superior. Seu cabelo sedoso e fino como o de uma criança também era dourado naquele dia dourado.

— Freguês regular deles, o Kirkpatrick compra o jornal vespertino lá. Fico pensando se também comprou uma faca.

— Vamos voltar e verificar — disse Wexford.

O sol e o calor fez com que atravessassem rapidamente a rua.

— Faz diferença o lugar, não? — falou quando subiram as escadas e as frias paredes de pedra da delegacia os envolveram.

Drayton estava sentado num canto do escritório, Kirkpatrick no outro. Eles pareciam estranhos, indiferentes, quase antagonistas, esperando um trem. Kirkpatrick levantou os olhos, a boca contraída.

— Pensei que nunca mais viriam — disse deseperado para Wexford. — Vou contar-lhes o que estava fazendo em Stowerton e vão pensar que sou maluco.

"Melhor um lunático do que um assassino", pensou Wexford. Pegou uma cadeira.

— Pode tentar.

— Ela não saiu comigo — resmungou Kirkpatrick — por causa daquele carro desgraçado. Eu não acreditei que ela iria àquela festa, então — o tom era ameaçador — fui para Stowerton verificar. Ela não apareceu. Deus, fiquei lá sentado e esperei e quando ela não apareceu tive a certeza de que mentira para mim. Sabia que ela conhecera alguém mais rico, mais jovem, mais agressivo! Oh, que inferno!

Ele tossiu dolorosamente.

— Foi tudo o que fiz. Esperei — levantou os olhos para Burden. — Quando me viu ontem pela manhã no chalé eu ia dizer a ela, perguntar-lhe quem ela pensava que era para me enganar!

Contrariado com a luz do sol, Drayton contemplava-o com desprezo. No que estava pensando? Wexford tentou adivinhar. Que ele, com seu porte viril, que hoje estava quase insolente, nunca desceria tão baixo?

— Escureceu — disse Kirkpatrick. — Estacionei meu carro ao lado da oficina de Cawthorne, debaixo de uma árvore. Eles estavam fazendo uma bruta farra lá dentro, gritando e tocando música. Ela nunca apareceu. A única pessoa que saiu foi um bêbado que recitava Omar Kháyyám. Fiquei lá três horas, oh, mais do que isso...

Wexford aproximou-se da mesa, cruzou os braços e descansou os punhos no pau-rosa.

— Sr. Kirkpatrick — disse sério —, esta história pode ser verdadeira, mas o senhor deve perceber que, para mim, é meio inconsistente. O senhor pode citar alguém que possa ajudar a provar isto?

Kirkpatrick disse irritado:

— Isto é problema meu, não é? O senhor fez o seu trabalho. Nunca ouvi falar que a polícia procurou uma testemunha que provasse o contrário.

— Então o senhor tem muito o que aprender. Não estamos aqui para inventar "casos", mas para fazer com que a justiça seja cumprida.

Wexford calou-se. "Três horas", pensou. Isto cobria o tempo da chegada na casa de Ruby, o tempo em que a vizinha ouvira o barulho, o tempo em que duas pessoas saíram cambaleando da casa.

— O senhor deve ter visto os convidados da festa chegando. Eles o viram?

— Pus o carro ao lado, até escurecer, ao lado da lavanderia — seu rosto ficou taciturno. — Aquela garota me viu.

— Que garota?

— A garota da loja do Grover.

— Você a viu às sete horas quando comprou o jornal vespertino — disse Wexford, tentando não perder a paciência. — O que estava fazendo até as sete horas é irrelevante.

Um rubor zangado apareceu no rosto de Kirkpatrick.

— Eu a vi de novo. Em Stowerton.

— Não mencionou isto antes.

Dessa vez não dominou a impaciência e cada palavra soou impertinente.

— Estou farto de ser tratado como um tolo — disse Kirkpatrick ressentido. — Estou farto. Se me livrar disso, vou pedir demissão de meu emprego. Talvez alguém goste de vender sabonete líquido, pó-de-arroz e batom, não eu. Prefiro ficar desempregado — juntou as mãos. — Vou sair fora disso.

— A moça — disse Wexford —, onde viu a moça?

— Estava na rua lateral, perto dos fundos da lavanderia, um pouco abaixo. Ela estava num carro e parou no sinal. Eu estava ao lado do meu carro. Não me pergunte que horas eram. Não sei — disse ele ofegante. — Ela olhou para mim e riu. Mas ela não se lembrou. Fui apenas uma piada para ela, um freguês que fizera com que ela fechasse a loja mais tarde. Ela me viu de pé ao lado daquela coisa e foi uma boa razão para rir. Lipdew! Acho que ela pensa em mim e dá uma boa risada toda vez que lava a...

O rosto de Drayton empalidecera e ele deu um passo à frente, cerrando os punhos. Wexford interrompeu rapidamente para evitar a última palavra, a palavra que poderia ser inocente ou obscena.

— Neste caso, ela vai se lembrar, não vai?

11

UM DIA DE SOL é um grande remédio, especialmente quando é o primeiro dia de sol brando da primavera. Paradoxalmente, arrefeceu a raiva de Drayton. Ao atravessar a rua, ele recuperou o controle e pôde pensar calmamente, e até ironicamente, em Kirkpatrick. O homem era um imbecil, um pobre coitado com um emprego de bicha, emasculado, apontado e ridicularizado pelas mulheres. Qualquer dia, um plutocrata perfumado o faria vestir uma fantasia de arlequim com um pompom de pó-de-arroz na cabeça, o faria bater nas portas e distribuir sabonete para qualquer dona de casa que lhe entregasse um cupom e repetisse um *slogan*. Ele era um fantoche e um escravo.

A loja estava vazia. Devia ser hora de pouco movimento, hora do almoço. A sineta tocou barulhenta porque ele demorou a fechar a porta. A luz do sol fazia a loja parecer mais bolorenta do que nunca. Grãos de pó penduravam-se e dançavam no reflexo dos raios de sol. Ele parou, ouvindo o pandemônio que a sineta causara no andar de cima, pés correndo, algo que parecia a queda de um pires, uma dura voz de baixo chamando, "Desça para a loja, Lin, pelo amor de Deus".

Ela veio, correndo, uma toalha de chá na mão. Quando o viu, a ansiedade abandonou seu rosto e ela olhou petulante.

— Você veio cedo, horas mais cedo.

Ela então sorriu e havia algo em seus olhos que ele não teve a certeza se gostava, um olhar de conquista e de complacência. Supôs que ela pensava que ele estava impaciente para vê-la. Haviam marcado encontro à tardinha e ele viera a uma e meia da tarde. Era isto o que todas queriam, torná-lo fraco, maleável em suas longas mãos frágeis. Depois elas o colocam de lado. Veja Kirkpatrick.

— Não posso sair. Tenho de tomar conta da loja.

— Pode vir para onde estou levando você — disse Drayton rudemente.

Ele esqueceu a raiva que as palavras de Kirkpatrick haviam causado, a paixão da noite anterior, a ternura que despontara. Quem era ela, afinal de contas? Uma vendedora de loja — e que loja! — com medo do pai, uma doméstica com uma toalha de chá.

— Delegacia de polícia.

Os olhos dela se arregalaram.

— O quê? Está tentando ser engraçado ou o quê?

Ele ouvira histórias sobre o Grover, sobre as coisas que ele vendia no balcão e por baixo do balcão.

— Não tem nada a ver com seu pai.

— O que querem comigo? É sobre o anúncio?

— De certo modo. Olhe, não é nada, só rotina.

— Mark, Mark, você tentou me amedrontar.

O sol desceu sobre seu corpo como um rio de ouro. "É só físico", pensou ele, "apenas um desejo, e um desejo mais forte do que o normal. Repita a noite passada o bastante e vai desaparecer". Ela foi até ele, sorrindo um pouco nervosa.

— Sei que não teve a intenção, mas não deve amedrontar-me.

O sorriso o divertiu. Ele ficou parado, com o sol entre eles como uma espada. Ele a desejava tanto que foi preciso toda a sua força de vontade e todo o seu autocontrole para dar-lhe as costas e dizer:

— Vamos, diga a seus pais que não vai demorar.

Ela demorou dois minutos, deixando atrás de si um perfume fresco e doce capaz de anular o cheiro das coisas velhas e usadas. Ele passeou pela loja, tentando encontrar alguma coisa que não fosse barata, ou impudica, ou repugnante. Quando ela voltou, viu que não mudara de roupa nem se maquiara. Isto tanto o deixou satisfeito quanto o irritou. Parecia subentender uma arrogância, uma falta de peocupação com a opinião dos outros, que combinava com ele. Ele não queria que tivessem algo em comum. Era suficiente se desejarem e se satisfazerem mutuamente no nível que ele determinara.

— Como está seu pai? — perguntou e, quando o fez, percebeu que era uma tola frase feita. Ela riu.

— Você quis mesmo dizer isto ou estava brincando?

— Quis dizer isso.

"Que ela se dane por ler pensamentos!" pensou ele.

— Ele está bem. Não, não está. Diz que está agonizando. Não se percebe, não é? Não é como se houvesse alguma coisa para mostrar.

— Parece que ele é um feitor de escravos.

— Eles são todos feitores de escravos. Melhor seu próprio pai do que outro homem.

Na porta, ela se expôs ao sol, espreguiçando-se como um longo animal dourado.

— Quando eles falarem comigo, você estará lá, não?

— Claro que estarei.

Ele fechou a porta.

— Não faça isso, ou eu vou querer fazer o que fiz a noite passada.

"Você podia querer feito louco", pensou ele, e ainda riu. "Você podia, com esta garota. Meu Deus, meu Deus!"

"Havia alguma coisa entre aqueles dois", pensou Wexford. "Sem dúvida Drayton viera conversando com ela. Apenas isso podia explicar o modo como ela olhou para ele antes de se sentar, um olhar que parecia pedir permissão. Bem, ele sempre achara Drayton suscetível e a garota era muito bonita. Ele sempre a via pelas redondezas desde que ela era criança, mas lhe pareceu que nunca antes percebera a forma atraente de sua cabeça, a peculiar graça virginal com a qual ela se movimentava.

— Bem, Srta. Grover, quero apenas que responda a algumas perguntas de rotina.

Ela sorriu fracamente. "Não deviam permitir que elas fossem assim", pensou ele pervertidamente, "tão decentes, tão perfeitas e tão intocadas".

— Acredito que conhece um Sr. Kirkpatrick? Ele é freguês de vocês.

— É?

Drayton estava de pé atrás da cadeira de Wexford e ela olhou para ele, talvez para se sentir segura. Wexford se irritou um pouco. "Quem diabos Drayton pensava que era? Seu advogado?"

— Se não se lembra do nome, talvez conheça seu carro. Provavelmente o viu agora mesmo.

— Um carro rosa engraçado com flores pintadas?

Wexford acenou com a cabeça.

— Oh, eu o conheço.

— Muito bem. Agora quero que faça sua memória voltar até terça-feira à noite. Foi a Stowerton aquela noite?

— Sim. Sempre vou às terça-feiras — disse rapidamente. Levo nossa roupa à lavanderia no carro de meu pai.

Ela calou-se, o enfado estampado em seu jovem e fresco rosto.

— Meu pai está doente e mamãe vai jogar cartas a maioria das noites.

"Por que tenta ganhar minha simpatia?", pensou Wexford. A alusão à tirania parecia estar afetando Drayton. Seu rosto moreno parecia irritado e sua boca endureceu.

— Tudo bem, Drayton — disse sem irritação —, não preciso mais de você.

Quando ficaram sozinhos, ela disse, antes que ele tivesse tempo de perguntar:

— O homem que não sei como se chama me viu? Eu o vi.

— Tem certeza?

— Oh, sim. Eu o conheço. Vendi-lhe o vespertino.

— A senhorita não reconheceu apenas o carro, Srta. Grover, não era apenas um carro vazio?

Ela afastou um macio e brilhante fio de cabelo.

— Eu não conhecia o carro. Ele tinha um diferente — deu uma risada nervosa. — Quando o vi nesse, e vi que era dele, comecei a rir. Ele é tão convencido, sabe, e aquele carro...

Wexford observou-a. Ela não estava nem um pouco à vontade. De sua resposta à próxima pergunta, a pergunta significativa, dependia muita coisa. O destino de Kirkpatrick dependia dela. Se ele estivesse mentindo...

— Que horas eram?

— Tarde — disse ela com segurança, seus lábios eram como duas pétalas, seus dentes perfeitos. Pena que ela só os mostrava raramente. — Eu tinha ido à lavanderia. Estava voltando para casa. Devia ser pouco mais de nove e quinze.

Ele sorriu para si mesmo. Quem quer que tenha ido à casa de Ruby certamente estava lá às nove e quinze.

— Eu estava parada no sinal — disse ela, virtuosa.

"Meu Deus", pensou, "ela é como uma criança, não sabe a diferença entre eu e um guarda de trânsito. Será que espera um elogio?"

— Ele estacionara o carro logo ao lado da oficina...

— De Cawthorne?

Ela aquiesceu imediatamente.

— Eu o vi nele. Sei que era ele — ele notara que ela não usava relógio no pulso fino. — Eu acabara de sair da lavanderia. Vira as horas.

Ele não podia fazer mais nada. Talvez fosse tudo verdade. Eles não tinham nenhum corpo, nenhuma evidência real contra Kirkpatrick depois disso. Um impulso paternal o fez sorrir e dizer:

— Tudo bem, Srta. Grover, pode ir agora. O Sr. Kirkpatrick ficará grato à senhorita.

Por um instante, ele achou que o tiro atingira o alvo, mas depois não teve certeza. O que seus grandes olhos cinzas diziam era difícil de ser interpretado. Ele pensou que podia ser uma alegria de alívio, sem dúvida porque ele estava encerrando a entrevista. Sua saída pareceu retirar da sala um pouco da claridade, apesar de o sol ainda brilhar. O perfume dela permaneceu, um perfume muito forte para a inocência dela.

— Esta garota foi subornada — disse Burden irritado.

— Você pode estar certo.

— Não deveríamos ter deixado Kirkpatrick ir embora ontem à tarde.

Wexford suspirou.

— O que tínhamos para mantê-lo aqui, Mike? Oh, concordo que ele provavelmente montou este álibi entre ontem à tarde e esta manhã. Eu diria que foi direto ao Grover quando saiu daqui. A garota não estava à vontade.

— Mostre-me uma Grover que não faria qualquer coisa por dinheiro — disse Burden. — Tal pai, tal filha.

— Pobre menina. Uma vida não muito boa a dela, não é? Ocupada o dia todo naquele buraco imundo e levando a roupa para lavar à noite porque a mãe está jogando cartas.

Burden olhou para ele aborrecido. A expressão no rosto do chefe era tolerante e quase terna, e isto o espantou. Se ele não soubesse que Wexford era um marido tão fiel à mulher como ele, poderia acreditar. Mas não, havia limites.

— Se ele estava na frente da casa de Cawthorne, e se estava lá às nove e meia, está limpo e estamos perdendo nosso tempo com ele. Mas se a garota está mentindo e ele fez aquilo, pode ter escondido o corpo de Anita em praticamente qualquer lugar entre aqui e a fronteira com a Escócia. Ela pode estar numa sarjeta em qualquer lugar em meia dúzia de condados.

— E onde está o corpo está a arma também.

— Ou ele pode ter ido para casa, para um lugar que conhecia, e pode tê-la enterrado na parte mais fechada daqueles bosques de pinheiros na Floresta Cheriton.

— Mas até que descubramos mais alguma coisa, Mike, procurar o corpo é impraticável, pura perda de tempo.

— Eu não me importaria de dar um aperto em Kirkpatrick — disse Burden com ferocidade repentina. — Dar um aperto nele na presença de sua mulher.

— Não, vamos dar-lhe um descanso. A questão principal é, ele subornou aquela garota? — Wexford sorriu malévola e inteligentemente. — Tenho a esperança de que ela se incline a confiar em Drayton.

— *Drayton*?

— Atraente para o sexo oposto, não acha? Aquela estudada aparência desleixada sempre as fascina.

Os pequenos olhos cintilantes de Wexford de repente se tornaram pouco amáveis.

— A não ser que a tarefa lhe agrade. Desculpe, esqueci. Sua mulher não gostaria. Martin e eu não somos exatamente adequados para nos pavonearmos diante de uma saltitante ninfa libertina...

— É melhor eu ter uma palavrinha com ele então.

— Não é necessário. A não ser que eu esteja muito enganado, trata-se de algo que podemos, com certeza, deixar a cargo da Natureza.

12

O ISQUEIRO ficara na mesa, ao sol, e quando Wexford o pegou o sentiu quente na mão. As gavinhas e folhas do desenho brilhavam suavemente.

— Griswold está me apertando.

À menção do nome do chefe de polícia, Burden irritou-se.

— De acordo com ele, não devemos permitir que esta se transforme numa investigação de assassinato. A evidência é inconclusiva e assim por diante. Temos mais uns dois dias para investigar e isso é o suficiente.

Burden disse irritado:

— Tudo aqui virou de cabeça para baixo apenas para que Monkey Matthews pegasse mais alguns meses de cana?

— A mancha no tapete era fruto da imaginação de Ruby, Anita Margolis está de férias, o casal que cambaleou no pátio estava bêbado, e Kirkpatrick simplesmente tem medo da mulher. — Wexford fez uma pausa, jogando o isqueiro de cima para baixo pensativamente. — Cito os fatos como eles são — arrematou.

— Martin está vigiando a casa de Kirkpatrick, que não foi trabalhar hoje. Drayton presumivelmente ainda está atrás daquela garota. Digo-lhes para pararem, senhor?

— O que mais eles têm para fazer? As coisas estão bastante calmas. Quanto às outras perguntas, eu gostaria de vê-las respondidas. Griswold não está interessado e não acho que encontraremos a resposta em dois dias.

Silenciosamente, Burden pegou o isqueiro e o contemplou com seus estreitos lábios contraídos. Então falou:

— Será que são as mesmas perguntas que estão batendo em minha mente? Quem deu o isqueiro? Foi vendido em algum lugar por aqui? Quem era o bêbado que saiu da casa de Cawthorne, o homem que falou com Kirkpatrick?

Wexford abriu a gaveta da escrivaninha e tirou seu *Weekend Telegraph.*

— Lembra-se disto? Sobre ela ter desmanchado o noivado com Richard Fairfax? Aposto que era ele. A Sra. Cawthorne disse que ele saiu da festa por volta das onze horas e Cawthorne que ele deixou um copo de *brandy* em uma de suas bombas de gasolina.

— Parece um poeta — disse Burden triste.

— Agora, lembre-se do que Göring disse — Wexford sorriu malicioso ante o desapontamento do inspetor. — De acordo com Kirkpatrick, ele estava recitando Omar Kháyyám. Costumava ser cobra no velho Kháyyám. O que será que ele recitava?

"E freqüentemente tento adivinhar o que os negociantes compram. Coisas tão preciosas quanto as que vendem?"

— Ou talvez ele tenha matado vibrando sua espada encantada

Burden levou a sério a última frase.

— Ele não pode ter feito isso. Chegou às oito no Cawthorne e não saiu antes das onze.

— Eu sei. Estava brincando. De qualquer modo, Griswold diz: "nenhuma caçada a novos suspeitos sem que tenhamos algo palpável". Esta é a ordem e tenho de obedecer.

— Porém, suponho que não haveria objeções se eu fosse interrogar alguns joalheiros, haveria? Teremos algo palpável se alguém se lembrar de tê-lo vendido a Kirkpatrick ou até ao próprio Margolis.

Burden meteu o isqueiro no bolso. O rosto de Wexford tinha uma aparência sonhadora, preocupada mas não desencorajadora, de modo que ele disse:

— Hoje as lojas fecham cedo. É melhor eu ir antes que todas fechem.

Sozinho, o inspetor-chefe sentou-se, procurando em sua mente uma dupla de versos particularmente significativa. Quando a encontrou, casquinou:

"Que lâmpada teve por destino guiar
Seus filhos que tropeçavam no escuro?"

Devia haver uma resposta. Ela chegou, finalmente, mas não era sugestiva.

— Uma explicação ininteligível, respondeu o Céu — disse alto para a escultura de cristal.

"Algo como isso era do que precisavam", pensou.

Kirkpatrick estava encostado no capô de seu carro que estacionara na frente do Olive and Dove, olhando para a porta da loja do Grover. Desde o café da manhã o sargento Martin vigiava sua casa e seu enfeitado carro. A Sra. Kirkpatrick saíra para fazer compras com os filhos e quando Martin, de seu ponto de observação no perímetro das árvores da Floresta Cheriton, estava começando a perder a esperança, o vendedor saíra e fora em direção a Kingsmarkham. Segui-lo fora fácil. O carro era tão chamativo que nem a interposição de um ônibus, nem sinais hostis, que ficavam vermelhos na hora errada, podiam proteger por muito tempo.

Estava uma manhã quente, o ar macio e suavemente indicativo da promessa de verão. Uma delicada brisa soprava sobre Kingsmarkham, que o sol tingia de um dourado forte. Alguém saiu do florista para colocar uma caixa de rijas tulipas roxas no mostruário.

Kirkpatrick começara a limpar as lentes dos óculos de sol na lapela de sua jaqueta esportiva. Então andou pela calçada. Martin atravessou a rua na frente dele, misturando-se com os transeuntes. Em vez de ir direto à loja, Kirkpatrick hesitou em frente ao florista, olhando para as úmidas violetas aveludadas, os jacintos em vasos, os narcisos, agora baratos porque era época. Seus olhos dirigiram-se para a parede do beco que nunca vira a luz do sol, mas ele voltou-se rapidamente e foi apressado para a esquina com a York Street. Martin demorou talvez quinze segundos para tomar uma decisão. Ele estava a apenas um passo do Grover. A sineta bateu quando ele abriu a porta.

— Sim? — Linda Grover entrou pela porta dos fundos.

Piscando os olhos para se acostumar com a penumbra, Martin disse vagamente:

— Estou só olhando.

Ele a conhecia de vista, mas tinha a certeza de que ela não o conhecia.

— Quero um cartão de felicitação de aniversário.

Ela fez um muxoxo indiferente e pegou uma revista. Martin foi até os fundos da loja. Toda vez que a sineta tocava ele levantava os olhos da banca de cartões. Entrou um homem para comprar cigarros e depois uma mulher com um pequinês que cheirava as caixas no chão. Sua dona passou pela banca de cartões para dar uma olhada nos livros embeiçados da biblioteca de aluguel do Grover. Martin bendisse sua chegada. Uma pessoa vadiando nas sombras era suspeita, mas duas não chamavam a atenção. Ele desejou que ela custasse bastante para escolher seu livro. O cachorro colocou a cabeça por baixo da bainha da calça de Martin e tocou-lhe a pele com o focinho úmido.

Eles eram os únicos fregueses quando, cinco minutos mais tarde, Alan Kirkpatrick entrou na loja com um embrulho vermelho e dourado debaixo do braço.

Vermelho e dourado era a marca registrado da Joalheria Joy. Um tapete escarlate cobria o chão, torsos de *papier mâché* dourados ficavam espalhados em plintos vermelhos, cada figura com tantos braços como algumas deusas orientais. Dedos pontudos, delgados, eram forrados com fileiras brilhantes de imitações de diamante. Xisto, quartzo e outras pedras que talvez não fossem mais do que vidro cortado com habilidade formavam prismas que capturavam e refratavam a bruxuleante luz solar. No balcão, um rolo de papel de embrulho vermelho-vivo decorado com folhas douradas. O vendedor estava guardando a tesoura quando Burden entrou e mostrou o isqueiro.

— Não vendemos isqueiros. De qualquer modo, duvido que alguém por essas redondezas venda algo como isso.

Burden concordou com a cabeça. Já obtivera a mesma resposta em outras quatro joalherias.

— É uma obra de arte — disse o vendedor, e sorriu como fazem as pessoas quando lhes é mostrada alguma coisa bela e cara. — Há oito ou nove anos poderia ter sido vendido aqui.

Há oito ou nove anos Anita Margolis não passava de uma criança.

— Como? — perguntou Burden sem muito interesse.

— Antes de comprarmos a loja do Scatcherd. Dizem que era o melhor joalheiro entre Londres e Brighton. O velho Sr. Scatcherd ainda vive aqui em cima. Se o senhor quiser falar com ele...

— Há muito tempo, penso eu — Burden interrompeu. — Seria uma perda de tempo para mim e para ele.

Tempo demais. Estávamos em abril e, no Natal, Anita Margolis acendia seus cigarros com fósforos.

Ele subiu a York Street por baixo dos plátanos. O sol encoberto brilhava no córtex das árvores salpicado de cinza e amarelo, e em resposta as pequenas folhas novas projetavam sua sombra na calçada. A primeira coisa que ele notou quando chegou na High Street foi o carro de Kirkpatrick em frente ao Olive and Dove. Se Martin o tivesse perdido... Mas, não. Lá estava o Ford do sargento encostado no final da faixa amarela. Burden parou na ponte Kingsbrook, passando o tempo olhando os cisnes, macho e fêmea devotados um ao outro e ao rio. A água barrenta ondulava gentilmente sobre cascalhos redondos. Burden esperou.

O rosto da garota ficou sombrio quando viu Kirkpatrick. Olhou para ele de cima a baixo e fechou a revista, marcando a página infantilmente com um dedo.

— Sim?

— Eu ia passando — disse Kirkpartrick com um jeito estranho. — Pensei em entrar e agradecer-lhe.

Martin pegou um cartão de aniversário. Assumiu uma expressão caprichosa, fracamente sentimental, a fim de que a mulher com o pequinês achasse que ele estava admirando os versos que o cartão continha.

— Isto é para você, um sinal de minha gratidão — Kirkpatrick empurrou o pacote entre os jornais e a bandeja com barras de chocolate.

— Não quero seus presentes — disse a moça irritada. — Não fiz nada. Eu realmente o vi.

Seus grandes olhos cinzas estavam amedrontados. Kirkpatrick inclinou-se em direção a ela, com seus cachos castanhos quase tocando sua cabeça loura.

— Oh, sim — disse ele insinuante. — Você me viu, mas o fato é...

Ela o interrompeu violentamente:

— Está tudo terminado, acabou. Eles não vão me incomodar mais.

— Não vai nem ver o que tem dentro da caixa?

Ela virou as costas, sua cabeça pendurada como uma flor de primavera num delicado caule. Kirkpatrick tirou o papel vermelho e dourado, o papel de embalagem, e de uma caixa forrada com paina rosa tirou um colar de pedras brilhantes. Eram pequenas pedras metálicas de várias cores. "Imitações de diamantes", pensou Martin.

— Dê para sua mulher.

Ela colocou a mão na gola do suéter e seus dedos pegaram alguma coisa prateada.

— Não quero. Tenho jóias de verdade.

A boca de Kirkpatrick retesou-se. Ele enfiou o colar em um bolso, o bolo de papel amassado no outro. Quando saiu, batendo a porta da loja, Martin aproximou-se da moça, com o cartão na mão.

Ela leu os dizeres.

— "Minha querida Vovó" — disse zombeteira, e ele supôs que ela estava olhando para seu cabelo grisalho. — Tem certeza de que é este que quer?

Ele concordou e pagou seus nove *pence*. Os olhos dela o seguiram e quando ele olhou para trás ela exibia um pequeno sorriso de lábios fechados. Na ponte, encontrou Burden.

— O que é isto? — disse o inspetor olhando para o cartão com a mesma zombaria.

"Drayton", pensou com relutância, "seria mais sutil". Ele olhou para baixo, para o leito do rio e para o arco de pedra refletido em marrom e âmbar, enquanto Martin lhe contava o que ouvira.

— Ofereceu-lhe um colar — disse Martin. — Uma coisa vistosa embrulhada em papel vermelho e dourado.

— Será — disse Burden pensativo —, será que ele sempre compra na Joalheria Joy? Será que comprou um isqueiro lá há vários anos, quando o dono ainda era o Scatcherd?

— Mandou fazer a gravação recentemente para esta garota?

— Pode ser.

Burden observou Kirkpatrick sentado na direção de seu carro. Kirkpatrick saiu e entrou no bar do Olive and Dove.

— Lá vai o seu homem — disse a Martin — afogar suas mágoas. Nunca se sabe, quando ele tiver recuperado a coragem pode ir oferecer seus préstimos ao inspetor-chefe. Ele certamente não vai dá-los para a mulher.

A neblina começara a levantar e estava realmente quente ao sol. Burden tirou a capa de chuva e pendurou-a no braço. Tinha mais um lugar para ir, para descobrir onde fora comprado aquele isqueiro, tinha mais uma investigação a fazer e, se não desse em nada, desistiria e encontraria Wexford para almoçarem no Carousel. Mas será que era importante, valeria a pena? Ele poderia tomar uma xícara de chá antes, pois o Carousel já deveria estar servindo o almoço. Lembrou-se de um lugarzinho, a menos de cem metros da ponte, um pequeno café onde serviam um bom chá forte e salgadinhos a qualquer hora. Cortou caminho entre os chalés e chegou à Kingsbrook Road. Era logo depois da curva, no primeiro andar de uma das casas georgianas.

Estranho como a neblina parecia ser densa nessa parte da cidade, como nas regiões altas, e colorida de um amarelo escuro, quase ocre. Passou pelas grandes casas e parou no cume do pequeno morro.

Através das nuvens do que ele agora percebia que não era neblina, mas poeira de reboco, o cartaz de um empreiteiro estava à sua frente: *Doherty, Demolições. O que Sobe Tem de Cair!* Mais adiante, onde ficava o prédio que abrigava seu café, havia uma espécie de morro feito de paredes derrubadas, telhados, chãos, fachadas. Entre o entulho do que fora uma elegante construção de pedra havia uma cabana de madeira em cuja entrada estavam sentados três operários comendo sanduíches.

Burden deu de ombros e voltou. A velha cidade estava desaparecendo gradual e cruelmente. Beleza e graça eram inconvenientes. Eles derrubavam os velhos prédios e construíam outros novos, esplêndidos, como a delegacia de polícia. Novos prédios precisavam de novos esgotos e novas instalações elétricas e as escavações nas ruas matavam as velhas árvores. Novas lojas substituíam as velhas, imitações de diamantes e deusas douradas substituíam o melhor joalheiro entre Londres e Brighton... Isto o fez lembrar-se. Era inútil perder tempo se lamentando do passado. Já que ele não ia tomar chá, certamente não ia adiar seu almoço. Mais uma investigação, primeiro, porém.

O Sr. Scatcherd fez Burden lembrar-se de um papagaio muito velho e benevolente. O grande nariz curvo descia até uma boca sorridente e o ar de pássaro era realçado por um colete amarelo forte e calças largas, mal ajambradas, que sugeriam penas. Os aposentos em cima da loja provavelmente haviam sido um poleiro ou um ninho, eram muito arejados e com o pé direito muito alto, e suas janelas davam para o topo de sussurrantes árvores verdejantes.

Ele foi introduzido em uma sala de visitas aparentemente intocada desde que fora mobiliada na década de noventa do século passado. Mas em vez dos tecidos marrom e verde associados ao século

XIX, aqui a pelúcia e o veludo eram verde-pavão, castanho-avermelhado e azul. Um candelabro pendurado no teto cintilava à luz do sol como um monte de diamantes jogados e suspensos no ar. Almofadas grandes com borlas douradas de seda iridescente verde brilhante. "Havia peças", pensou Burden ao sentar-se numa poltrona de brocado, "pelas quais Cawthorne daria seus úmidos olhos azuis".

— Em geral tomo um copo de madeira com biscoitos a esta hora do dia — disse o Sr. Scatcherd. — O senhor me daria a honra de acompanhar-me?

— Muita gentileza — respondeu Burden, que nunca bebera o vinho mencionado e que ainda estava lamentando a demolição que o havia privado de seu chá, assim como havia privado a cidade de sua glória. — Aceito.

Um meigo sorriso revelou-lhe que fizera bem em aceitar.

— A cor exata de uma granada — disse o velho joalheiro quando trouxe o vinho numa bandeja laqueada. — Não de um rubi.

Uma seriedade, a vivacidade didática de um conhecedor, tomaram conta de sua voz melodiosa.

— Um rubi é bem diferente. O que o senhor trouxe para eu ver?

— Isto.

A mão que o pegou era cinza e marcada, as unhas compridas e escrupulosamente limpas.

— Isto poderia ter sido vendido aqui? Ou só se compra uma coisa como esta em Londres?

O Sr. Scatcherd não estava ouvindo. Levara o isqueiro para perto da janela e balançava a cabeça enquanto colocava seus velhos óculos.

— *"Les grappes de ma vigne"* — disse finalmente.

Burden sentou-se ansioso.

— Este é o nome do desenho, sabe? As uvas de minha videira. Baudelaire, é claro. Talvez o senhor não conheça o poema. Muito apropriado para o presente de um amante — disse sorrindo com um doce prazer, virando o isqueiro de cabeça para baixo. — E foi presente de um amante, um bonito cumprimento para uma dama.

Burden não tinha idéia do que ele estava falando.

— O senhor o conhece? Já o viu antes?

— Há muitos anos.

O candelabro salpicou nas paredes manchas de prisma rosa, violeta e verde.

— Sete, oito anos.

O Sr. Scatcherd tirou os óculos e sorriu com satisfação. As luzes do arco-íris bateram em sua careca.

— Conheço o desenho e lembro bem da inscrição.

— Mas esta inscrição foi feita recentemente!

— Oh, não. Antes de eu me aposentar, antes da Joalheria Joy aparecer.

Um sorriso, zombeteiro, de menosprezo, curvou sua boca e fez seus olhos piscarem quando ele disse o nome Joy.

— Meu querido inspetor, tenho de saber. Eu o vendi.

13

— Para quem ele o vendeu? Kirkpatrick?

Burden pendurou a capa de chuva no cabide do escritório e decidiu deixá-la lá o resto do dia. Deu uma olhada nos relatórios do laboratório, que Wexford estava examinando, e disse:

— Não entendo. O velho Scatcherd não vende nada há mais de sete anos e nessa época Anita não estava aqui, provavelmente nem sabia que existia um lugar como Kingsmarkham. Kirkpatrick também não morava aqui. Aquelas casas onde ele mora foram construídas há apenas um ano. Além disso, Scatcherd tem uma excelente memória para um homem de sua idade e nunca teve um freguês chamado Kirkpatrick.

— Olhe, Mike — disse Wexford olhando com desprezo para seus relatórios —, vamos conseguir descobrir quem comprou o diabo deste isqueiro?

— Scatcherd está procurando em seus livros. Disse que vai demorar algumas horas. Mas estou começando a pensar que Anita apenas o achou, pegou-o na rua e o guardou porque a inscrição era apropriada.

— Achou!— resmungou Wexford. — Quer dizer que alguém o perdeu e Anita o achou, e então o perdeu novamente na casa de Ruby? Não seja tão tolo. Não é uma chave ou um guarda-chuva velho. É um artigo valioso e reconheço que é a chave de tudo. Se alguém o perdeu, por que a perda não nos foi comunicada? Não, volte para seu velho Scatcherd, ajude-o com seus olhos jovens.

Burden gostou disso, como Wexford achou que ele gostaria.

— Nunca se sabe o que poderá descobrir. Cawthorne pode tê-lo comprado para ela ou o próprio Margolis, ou, de qualquer modo, alguém que tem um carro verde. Nessa história toda temos de nos lembrar que não importa quão estranhamente Kirkpatrick possa estar se comportando, ele não tem e nunca teve um carro verde.

Quando Burden partiu, voltou à atenta leitura dos relatórios do laboratório. Ele os leu cuidadosamente, reprimindo uma raiva desagradável. Nunca em toda a sua vida deparara com alguma coisa tão negativa. A evidência que o tapete proporcionava teria sido satisfatória apenas para os fabricantes dos detergentes favoritos de Ruby. As impressões digitais no carro correspondiam às do quarto de Anita Margolis. Havia apenas as dela. O casaco de ocelote deu ainda menos pistas. Um analista sugeriu que o perfume que dele emanava podia ser o *Chant d'Aromes* de Guerlain. Wexford, que entendia de perfumes, podia ter descoberto isto sozinho. Em um bolso havia uma folha amassada de selos verdes. Provavelmente ela comprara gasolina no Cawthorne. Wexford sorriu zombeteiro. Quem levara aquele carro de volta à uma hora da manhã e onde estivera a noite toda? Por que seu assassino, Kirkpatrick ou outro, disse se chamar Geoff Smith quando teria sido muito mais natural, e até esperado, que ele permanecesse anônimo?

Uma pilha de livros grossos, alguns velhos e todos forrados de marroquim verde-escuro, estavam aos pés do Sr. Scatcherd. Burden passou por cima deles e sentou-se na poltrona de brocado.

— Já olhei os três últimos — disse o Sr. Scatcherd, não mostrando nenhum sinal de que a paciência diminuía. — Isto nos leva de volta a mil e novecentos e cinqüenta e oito.

Ele colocara uns óculos com aros dourados no seu nariz de papagaio e olhava por cima deles, sorrindo prazenteiramente.

Burden deu de ombros. Tudo estava acima de sua compreensão. Há nove anos Anita Margolis tinha quatorze anos. Os homens dão isqueiros valiosos de ouro — qualquer isqueiro, essa é a verdade — para meninas de quatorze anos? Não neste mundo. Não importa onde ele se encontrava, estava numa confusão com consistência de pesadelo. O isqueiro fora vendido em Kingsmarkham e em Kingsmarkham quem o tinha recebido vivera e encontrara a morte. Aparentemente simples, exceto quanto a idades e épocas e um monte de fatos confusos...

— Pensei que fosse novo.

— Oh, não. Conheci o artista que o fez. Ele está morto agora, mas na sua época foi um excelente ourives. Chamava-se Benjamin

Marks, mas quando eu o chamava de Ben pensava em outro mestre. Talvez adivinhe quem tenho em mente.

Burden olhou para ele surpreso.

— Cellini, inspetor — disse o Sr. Scatcherd quase com reverência. — O grande Benvenuto. Meu Ben também era um naturalista a seu modo. Sempre procurava inspiração na Natureza. Lembro-me de uma rosa desenhada para a caixa de pó-de-arroz de uma dama. Podia-se ver as sementes no coração de cada minúscula flor. Ele fez isto e a inscrição. Foi feito sob encomenda para um cavalheiro...

— Mas quem encomendou, Sr. Scatcherd? Até que eu saiba, não posso ir mais adiante.

— Acharemos. Ajuda minha memória falar sobre isto.

O Sr. Scatcherd virava as páginas grossas meio apagadas, passando uma longa unha nas margens.

— Estamos chegando ao final de mil e novecentos e cinqüenta e oito. Sabe, toda vez que termino um livro sinto que estou ficando quente. Lembro-me vagamente que era Natal e me lembro também de ter vendido um belo anel na mesma época.

A última página. Burden pôde ver a data, em dezembro, escrita no alto da página. Teve a estranha sensação de que se o registro da venda não fosse achado naquele livro, nem no próximo, o Sr. Scatcherd continuaria procurando, por horas, talvez por dias, até que chegasse à primeira anotação feita por seu pai em mil e oitocentos e oitenta e seis.

O joalheiro olhou para cima sorrindo, mas como ele sorria deste modo o tempo todo, Burden não pôde ver nenhum sinal especial de satisfação em seu rosto enrugado.

— Oh, sim, aqui está — murmurou. — O anel que eu mencionei. Um aro de diamantes e safiras para o Sr. Rogers de Pomfret Hall. Para sua mulher, sem dúvida, ou para sua pobre filha. Havia insanidade lá, se eu me lembro bem.

Balançando a cabeça com um ar inteligente, continuou sua pesquisa.

— Não no mesmo dia, tenho certeza. Talvez no dia seguinte... Agora, inspetor, estamos perto.

Com a esperança voltando, Burden levantou-se para tirar o livro dele, mas o Sr. Scatcherd segurou-o firmemente.

— Aqui está — disse de novo, mas dessa vez com uma nota de triunfo calmo. — Isqueiro de ouro encomendado: "*Les grappes de ma vigne*", Benjamin Marks; inscrição: "Para Ann, que ilumina minha vida". Não ajuda muito, temo. Um nome tão comum. Porém, há um endereço.

Burden estava intrigado.

— Que nome? — perguntou excitado.

— Smith. Foi vendido a quinze de dezembro de mil e novecentos e cinqüenta e oito a um Sr. Geoffrey Smith.

Sem dúvida, Drayton estava levando seu trabalho a sério, pensou Wexford ao entrar no Café Carousel para almoçar. Atrás do biombo, um casaco com capuz podia ser visto nas costas de uma cadeira, uma das mangas presa nas folhas carnudas de uma planta de plástico. As costas de Drayton estavam na direção da porta, havia algo concentrado e intenso na postura de seus ombros. Ele parecia estar numa conversa animada, para não dizer amorosa, com sua companheira, porque seus rostos estavam próximos. Wexford achou bastante divertido ver Drayton levantar a mão para acariciar as faces brancas da moça e olhar sua delicada tentativa de sorriso. Eles não o tinham visto. "Na verdade", pensou, "não seria exagero dizer que só tinham olhos um para o outro". "Seria meio duro para a garota", refletiu, e ficou imaginando por quanto mais tempo esta farsa amorosa seria necessária quando Burden o achou.

— O que está comendo?

— Torta de carneiro. Pedi há uns dez minutos — sorriu zombeteiro. — Acho que saíram para matar o carneiro.

— Eu o encontrei — explicou Burden, e a expressão do inspetor-chefe mudou de interesse para incredulidade carrancuda.

Burden disse, pedindo desculpas:

— O senhor mesmo disse que algumas pessoas realmente se chamam Smith.

— Isto é engraçado — resmungou Wexford. — Onde ele mora?

— Sewingbury.

A torta de carneiro chegou e Burden pediu o mesmo.

— Não entendo por que não está no registro eleitoral. Ele pode muito bem ser menor.

— Não, a não ser que se trate de um menino que compra isqueiros para uma menina.

Wexford levantou o garfo cheio de torta até a boca e fez uma careta.

— Eu gostaria que nosso laboratório analisasse esse purê de batatas. Se não me engano ficou guardado desde que as batatas foram tiradas da terra.

Empurrou a vasilha de salada de pimentão-verde, que o Carousel servia com qualquer prato, para o canto da mesa.

— Smith pode ser um estrangeiro que mudou de nome mas nunca se naturalizou.

Burden refletiu. Achava que pensaria melhor com o estômago cheio. O purê de batatas podia ser suspeito, mas estava corado e firme e o cheiro saboroso aguçou seu apetite.

— Achamos todo o tempo que Smith era um pseudônimo — disse, animando-se quando o prato quente borbulhante foi colocado à sua frente. — Agora parece, de repente, que o vento sopra a nosso favor. O que acha disto, senhor? Smith conhece Anita há anos e a amizade foi retomada quando ela e Margolis vieram morar aqui. Ele reservou o quarto no sábado, indo à casa de Ruby com seu carro preto que vendeu no dia seguinte ou na segunda-feira, trocando-o por um verde. Quando disse seu nome a Ruby, não tinha a menor idéia de que teria algo para esconder. Atacar Anita era a última coisa em que pensava.

Quando Wexford concordou balançando a cabeça, ele continuou com mais confiança:

— Ela desmarcou o encontro com Kirkpatrick, não por causa do carro, mas apenas porque estava aborrecida com ele e porque combinara encontrar-se com Smith. Encontrou Smith em algum lugar, estacionou seu carro e foi para Stowerton no carro dele. Eles brigaram no quarto de Ruby, provavelmente pela mesma razão pela qual brigou com Kirkpatrick, e ele a atacou com uma faca ou uma gilete. Conseguiu tirá-la da casa e fazê-la entrar no carro, mas ela morreu e ele a enterrou ou a escondeu em sua casa em Sewingbury. Mais tarde, quando não havia muita gente por perto, pegou o carro dela e levou-o de volta para Pump Lane.

— Quem sabe? — Wexford empurrou o prato vazio para o lado. — Pode ser. Kirkpatrick só entra nesta história como um rival e todas as suas preocupações são realmente causadas pelo medo da vingança da mulher.

Foi então que Burden, ao pegar a salada, viu Drayton.

— Então podemos cortar esse romance pela raiz.

— Antes que ele se apaixone, hem? — Wexford se levantou. — Sim, aceitaremos a história de Kirkpatrick por enquanto. Não acho que Griswold vai considerar Smith um novo suspeito, e você?

Drayton parecia concentrado, quase em transe.

— Não sei se quero meus jovens rapazes envolvidos amorosamente com uma Grover, exceto no que diz respeito a negócios.

Ele foi ao caixa pagar a conta e ajoelhou-se para amarrar o laço do sapato. Embaixo da toalha da mesa viu uma longa perna nua pressionada contra o joelho de Drayton. "Bolinando com os pés", disse consigo mesmo. Pegou seu troco e aproximou-se do casal tossindo levemente. Drayton levantou o rosto e em vez da fria eficiência Wexford viu um arrebatamento sonhador.

— Quer fazer uma viagem até Sewingbury, Drayton?

O rapaz ficou de pé antes que ele terminasse a frase e de novo assumiu a máscara.

— Estou indo, senhor.

— Termine seu café.

Por Deus, aquela garota era uma beleza! O tipo que florescia por alguns anos e depois encarquilhava como palha antes de chegar aos trinta, o tipo dourado que volta ao pó.

O apartamento de Geoffrey Smith era um dos quatro de uma mansão reformada no lado direito de Sewingbury, uma graciosa casa georgiana construída talvez ao mesmo tempo que o convento de Santa Catarina, para o qual dava fundos. Uma escada imponente levou-os a um corredor. A parede em frente a eles certa vez tivera várias portas, mas estas haviam sido fechadas e agora permaneciam apenas duas, as entradas dos apartamentos um e dois. O número dois ficava à esquerda. Wexford tocou a campainha.

A imponência do lugar dificilmente combinava com a teoria de Burden de uma faca ou uma gilete. Por outro lado, um freguês do Sr. Scatcherd podia muito bem morar ali. De qualquer modo, Burden não estava preparado para o amplo espaço diante deles quando a porta foi aberta, e por um momento ele olhou não para a mulher de pé na soleira, mas para o vasto aposento atrás dela, que levava a um outro tão amplo quanto o primeiro e que terminava finalmente em duas gigantescas janelas. Assemelhava-se mais a uma galeria de arte — exceto por suas paredes nuas — do que a um apartamento. A luz entrava pelas janelas formando dois enormes retângulos iguais, e a mulher estava no espaço mais escuro entre eles.

Assim que seus olhos se encontraram, Burden soube que a vira antes. Ela era a mulher que tentara vender suas jóias a Knobby Clark.

— Sra. Smith? — perguntou Wexford.

Burden esperara com pouca esperança que ela lhes desse as boas-vindas, mas sua reação o surpreendeu. Havia choque e horror em seus olhos. "Era como se", ele pensou, analisando, "ela tivesse sido torturada durante anos e então, exatamente quando o descanso chegara, alguém a ameaçasse com a retomada do tormento".

— *O que quer dizer*? — indagou ela, e anunciou cada palavra saparada e vagarosamente.

— Perguntei se a senhora é a Sra. Smith, Sra. Geoffrey Smith?

Seu rosto cansado, que já fora bonito, endureceu.

— Por favor, saiam — disse tensa.

Wexford olhou para ela de seu modo implacável e mostrou seu cartão. Raramente obtinha uma resposta tão gratificante. O olhar duro desapareceu com um suspiro de alívio. Ela sorriu timidamente, depois deu uma gargalhada.

— É melhor entrarem.

De repente, ficou cordial, a criatura com ares de dama que Burden vira na loja de Knobby Clark.

— Não posso imaginar o que querem.

Ele teve a certeza de que ela não o reconhecera.

— Mas evidentemente não corro perigo com vocês. Quer dizer — bem, antes de saber quem eram, pensei que fossem um bando de homens estranhos para uma mulher só deixar entrar em sua casa.

Uma fraca desculpa para tal demonstração de horror. Apesar do sol, estava frio no apartamento. No inverno devia ser insuportável. Eles não viram nenhum sinal de um radiador ao passarem pelo primeiro enorme aposento e chegarem ao local onde havia as grandes janelas. Portas duplas pintadas de marfim, com a pintura lascada no portal, foram fechadas atrás deles. A mobília era pequena demais e nova demais também, mas não nova o suficiente para ser elegante. Nenhuma tentativa fora feita para se obter harmonia entre a mobília e a arquitetura nobre. As elegantes janelas cintilantes se elevavam e brilhavam entre pedacinhos econômicos de algodão florido, como mulheres de sociedade decaídas nos dias de má sorte.

— Gostaria de ver o Sr. Smith. Quando o espera de volta?

— Eu também gostaria de vê-lo.

Seu rosto moreno de cabelos encaracolados iluminou-se com um curioso pesar meio divertido. Os óculos bamboleavam em seu nariz curto. Desde que descobrira quem eram eles, todo o medo se fora e ela tinha a aparência de uma mulher infinitamente capaz de dar risadas, a maioria provavelmente dirigidas a si mesma.

— Geoffrey divorciou-se de mim há cinco anos.

— A senhora sabe onde ele está agora, Sra. Smith?

— Não Sra. Smith, Sra. Anstey. Noreen Anstey. Casei-me de novo — ela olhou com um ar prudente de naturalidade para Wexford, um olhar que denotava muita experiência e talvez desagradável. — Acho que deviam me dizer o que querem com ele.

— Investigação de rotina, Sra. Anstey.

Ela era a última mulher do mundo que se convenceria com uma explicação dessas. Seus olhos se enuviaram com reprovação.

— Deve ser algo muito sem importância — disse, com o gentil sorriso zombeteiro fazendo marcadas rugas em volta de seus olhos. — Geoff é uma das pessoas mais honestas que conheci. Não acha que ele parece honesto?

Wexford olhou ansioso para a fotografia e, quando ela lhe foi passada, um grande retrato posado, quase o agarrou. Um rosto trigueiro, agradável, cabelo preto, cachimbo na boca. O inspetor-chefe tinha bastante experiência para ousar dar opiniões sobre a honestidade ante esta evidência. Ele ainda a estava examinando quando Burden perguntou:

— A senhora viu isso antes?

Pôs o isqueiro nas mãos dela, que tremeram um pouco quando o pegou; ela deu um suspiro de satisfação, aproximando-o de seu rosto.

— Meu isqueiro!

Ele ficou olhando para ela.

— E eu pensei que nunca mais o veria!

Ela tentou acendê-lo, deu de ombros, seu rosto ainda radiante.

— Onde o encontraram? Isto é maravilhoso. Não querem uma xícara de chá? Por favor, deixem-me fazer um pouco de chá para os senhores.

Ela estava sentada na beira da cadeira e lembrava a Wexford uma criança na manhã de Natal. A fotografia de Smith estava em seu colo, o isqueiro em sua mão. Ele calculava sua idade entre trinta e oito e trinta e nove anos, mas de repente ela pareceu muito mais nova. Havia uma aliança em cada mão. Uma era esculpida e desenhada, como o isqueiro, a outra parecia mais uma argola de cortina Woolworth.

— Agora, vamos esclarecer isto — disse Wexford. — Este isqueiro é seu? A senhora disse que seu nome era Noreen.

— É mesmo.

Ele tinha certeza que podia confiar nela. Cada palavra que pronunciava tinha o claro som da honestidade.

— Noreen Ann Anstey. Sempre fui conhecida como Ann. Primeiro era Ann Greystock e estava tudo bem; depois Ann Smith, que é tolo mas não tão ruim. Mas Ann Anstey? É terrível, é como uma gagueira. Então uso meu primeiro nome.

— Seu primeiro marido deu-lhe o isqueiro? — indagou Burden.

— No Natal. Deixe-me ver... mil e novecentos e cinqüenta e oito, deve ter sido — ela hesitou e seu sorriso era pesaroso. — Estávamos nos dando bem naquela época. Eu iluminava sua vida.

— Como a senhora o perdeu?

— Como se perde alguma coisa? Foi em novembro passado. Eu tinha uma bolsa com o fecho defeituoso. Sempre o tinha comigo, apesar de não poder fumar atualmente.

Wexford apenas olhou de soslaio para a mobília ordinária e logo se arrependeu. Muito pouco escapava a ela, que agora estava magoada.

Com um suave enrugar das sobrancelhas, continuou:

— Um dia o isqueiro estava lá e no outro não. Eu perdera um colar de prata uma semana antes. Do mesmo modo. Alguns de nós nunca aprendem.

Ela manuseou o isqueiro amorosamente e encontrou os olhos pesquisadores de Burden.

— Oh, eu sei que é valioso — disse apressada. — Tudo o que Geoff me dava era bastante valioso. Ele não é rico, mas é um poço de generosidade. Vendi a maioria das outras coisas...

Fazendo uma pausa, olhou de esguelha para Burden novamente e ele soube que ela estava se lembrando de tê-lo encontrado.

— Tive de vender. Sou professora no Santa Catarina, mas não administro o dinheiro muito bem. Não sei por que conservei isto

Deu de ombros como alguém que lamenta e considera o lamento uma perda de tempo.

— Talvez porque seja tão pessoal.

Seu sorriso repentino foi um lampejo de filosofia.

— Ah, é bem agradável ter sido amada, lembrar disso quando terminou.

"A senhora não o perdeu", pensou Wexford. "Não abuse muito de minha credulidade. A senhora podia tê-lo perdido e Anita Margolis pode têlo achado, mas ambas não o perderam num espaço de seis meses".

— Sra. Anstey, como mulher divorciada dele, a senhora deve saber onde está o Sr. Smith agora.

— Ele nunca me deu... como vocês chamam... pensão alimentícia. Foi suficiente para mim o fato de ele ter-nos deixado o apartamento para morarmos.

Ela mordeu o lábio inferior com os pequenos dentes brancos.

— Ah, já sei porque o procuram. Alguma coisa com relação a impostos, porque ele é contador. Bem, se alguém está sonegando seu imposto, Geoff não tem nada a ver com isso.

— Onde podemos encontrá-lo?

— Lá de onde vêm, Kingsmarkham.

Wexford ouvia incrédulo, lembrando das visitas que haviam feito a todos os Geoff Smith do distrito.

— Kingsbrook Road, Old Kingsbrook Road, vinte e dois. Ele morava em Kingsmarkham antes de nos casarmos e depois do divórcio voltou para lá.

— A senhora alguma vez o ouviu falar de uma Srta. Anita Margolis?

A menção do nome de outra mulher não lhe agradou. Ele pôde perceber isto pelo modo como o animado sorriso desapareceu e como suas mãos se juntaram com força. "Mas ela tinha uma resposta, um antídoto", ele pensou, "para todo indício de veneno".

— É ela a garota que está sonegando imposto?

— Sra. Anstey, seu ex-marido tem uma chave deste apartamento?

Ela enrugou a testa morena já vincada. Seus olhos eram da cor da madeira, mas brilhavam com vida. "Não importa o que ela vestisse", pensou Wexford, "sua roupa nunca seria notada. Sua personalidade, sua vitalidade — Para Ann, que ilumina minha vida — transformavam suas roupas em algo que ela usava para mantê-la aquecida". Pela primeira vez a observou, um pulôver e uma velha saia pregueada.

— Uma chave? Eu não ficaria surpresa. Se ele tem, não a usa. Às vezes...

Ela olhou para cima, para ele, por baixo dos cílios abaixados, mas não faceiramente, não artificialmente, mas como se duvidasse de sua capacidade de entender.

— Às vezes desejo que ele tenha. Algumas pessoas não se importam de estragar a vida de outras. Não eu. Ao contrário da opinião geral, há uma grande dose de consolo em saber que alguém está tendo o que realmente merece. Geoff merecia o melhor e levou um soco na cara. Gostaria de saber que as coisas melhoraram para ele, isto é tudo. — Ela divagava, mas pareceu se lembrar com quem estava. — Não devem pensar que sou louca por estar falando com vocês deste modo. Sinto muito. Quando se está sozinha há muito tempo, se fica tagarela com visitas. Têm certeza de que não querem o chá?

— Certeza absoluta, obrigado.

— Quando o virem, digam-lhe que lhe mando meus votos de felicidades. Mas vocês talvez não levem recados, e ele talvez já tenha esquecido o passado.

Pequenas rugas marcavam seu rosto. Um mapa de experiências, e "nem todas aquelas rugas", pensou Wexford, "poderiam ser eliminadas".

— Para Ann, que estragou minha vida — disse Burden quando eles estavam no carro. — O que ele fez, senhor? Voltou e roubou o isqueiro porque encontrou uma garota que poderia apreciá-lo?

— Nada de sentimentalismo com relação a ele, está bem? Ele desgraçou a garota à qual o deu. Suponho que se lembrou que o presente que dera à mulher era muito apropriado para outra Ann. Ele não é tão generoso e bom caráter se voltou às escondidas ao apartamento da ex-mulher e o roubou.

— Pelo menos sabemos que ele não o deu a Anita Margolis há nove anos. Deve tê-lo dado há alguns meses. Provavelmente nem a conhecia até então.

— Bastante razoável — disse Wexford. — Concordo, não acha, Drayton?

Burden pareceu ofendido porque Drayton fora considerado digno de consulta.

— Eu diria que ele a matou com uma daquelas facas de mola da loja do Grover — disse ele com azedume.

Drayton empertigou-se ainda mais. Deleitado, Wexford limpou a garganta.

— Pegue a estrada para Stowerton — disse a Drayton. — Vamos mostrar esta foto a Ruby Branch.

Ela a contemplou e Wexford viu que inutilmente, Muito tempo se passara, muitos rostos passaram por ela. O reconhecimento, que deveria ter arrumado as coisas, apenas a perturbara. Ela deu a fotografia a Wexford, balançando seus cachos ruivos, e disse:

— Quantos mais de vocês vão aparecer?

— O que quer dizer com isto?

Ruby mexeu-se no sofá azul e vermelho e fixou amargamente o chão sem tapete.

— Um sujeito chamado Martin, ele foi embora há apenas dez minutos. Ele é da turma, não é?

Wexford concordou com a cabeça, espantado.

— Primeiro vem este grande carro rosa e malva com letras e este camarada desce...

— Que camarada?

"Não Martin", ele pensou. "Que diabo estava acontecendo?"

— Não, não, aquele fulano com a gravata vermelha. Assim que vi o carro lembei-me de onde o vira antes. Eu o vi duas vezes naquela terça-feira à noite. Ele estava em frente ao Cawthorne quando passei às oito e dez e o vi de novo às onze, sentado em seu carro, olhando para todo mundo, como se estivesse enlouquecendo. Mas acabei de contar tudo isso para esse tal de Martin.

Estava acima das forças de Wexford sufocar a gargalhada que nascera em sua garganta. O rosto maquiado de Ruby ficou rubro de indignação.

Tentando parecer severo, Wexford:

— Você não estaria dizendo tudo isso porque o Sr. Kirkpatrick lhe pediu, não é? Você não se deixaria levar pela tentação por um bonito colar de imitação de diamante?

— Eu? — Ruby se compôs virtuosamente. — Nunca falei com ele. Ele estava saindo daquele carro maluco quando o homem de vocês chegou. Ele voltou para o carro correndo e foi embora. Aquele Martin — disse ela muito ressentida — foi desagradável comigo Algumas pessoas chamariam o que ele fez de ameaça.

— E outras — disse Wexford — chamariam de salvar uma alma fraca de seus instintos básicos.

No cruzamento de Stowerton, Cawthorne não estava à vista, mas sua mulher, joelhos ossudos à mostra e brincos tão grandes como bolas de árvore de Natal balançando no meio de cachos amarelos, estava encostada numa bomba de gasolina flertando com um frentista. Na lavanderia, as portinholas ainda giravam.

— Você pode se considerar dispensado da tarefa de lavar roupa esta noite, Drayton — disse Wexford, rindo zombeteiro.

— Como, senhor?

— A Srta. Grover vem sempre aqui lavar sua roupa às terças-feiras, não é?

— Oh, sim, senhor. Entendo.

"Não havia necessidade de ele se ruborizar tanto", pensou Wexford. O vermelho-escuro estendera-se para sua nuca.

— Kirkpatrick está bem garantido. Seus subornos caíram em solo estéril.

A metáfora soou errada e ele acrescentou rapidamente:

— Aquelas duas mulheres o viram em frente ao Cawthorne. Ele é apenas um tolo que não pode ficar bem, sozinho. É do processo do divórcio que ele está com medo, não da prisão.

— Direto para a Old Kingsbrook Road, senhor? — perguntou Drayton rispidamente.

— O número vinte e dois é no final da rua.

Quando passaram a igreja metodista, Wexford se inclinou para a frente como se tivesse chumbo na boca do estômago. Ele temera isto quando a Sra. Anstey lhe dera o endereço, temera e eliminara o temor quando tirou conclusões.

— Olhe isto, Mike.

— Como se uma bomba tivesse sido jogada — disse Burden, cansado.

— Eu sei. Sinto-me assim também. Casas georgianas bastante bonitas e quase todo o quarteirão demolido.

Ele saiu do carro, Burden atrás. Na suave luz da tarde, a última parede de pé os encarava. O interior estava à mostra, papel de parede verde na parte de cima; rosa, cor de pedra, próximo ao chão. A três metros e meio do topo uma lareira de ferro ainda se agarrava ao reboco e, onde o reboco caíra, aos tijolos nus. Um grande cabo a envolvia e o cabo estava preso a um trator, escondido pela poeira. Através das nuvens ocreosas, eles podiam ver um cartaz pintado, *Doherty, Demolições,* e por baixo o *slogan*: *O que Sobe Tem de Cair!*

O olho de Burden viu o número no portal remanescente, vinte e dois. Olhou desconsolado da parede para o cabo, do cabo para o trator. Então, sacudindo a cabeça, aproximou-se do motorista do trator.

— Polícia — disse severo para um rosto vermelho belicoso.

— Ok, Ok, só que tenho trabalho a fazer. Como todo mundo. O que querem?

Burden olhou para o número no portal.

— Havia um contador aqui, um sujeito chamado Smith. Sabe para onde ele foi?

— Para onde nunca o encontrarão. — O sorriso malicioso era desagradável. — Para debaixo da terra.

— Como?

— Ele está morto — disse o motorista do trator, esfregando as mãos empoeiradas.

14

— Ele não pode estar morto — disse Burden consternado.

— Não pode? Só estou repetindo o que a velhota da casa de chá me contou.

Balançando a cabeça em direção aonde fora o pequeno café, o operário procurou no bolso um grande lenço sujo e assoou o nariz.

— Foi antes da loja dela vir abaixo. "Pobre Sr. Smith", disse ela, "ele teria odiado ver a velha casa desaparecer. Era tudo o que lhe restara depois que a mulher o enganou e ele ficou só".

— De que ele morreu? Coração partido?

— Algo a ver com o coração. A velha poderia contar-lhe mais do que eu.

— Você não sabe quando ele morreu? — intrometeu-se Wexford.

— Um ano, dezoito meses. O lugar ficou vazio desde então e estava uma verdadeira bagunça.

Burden sabia o que isto queria dizer. Onde agora havia escombros, ele freqüentemente se sentara para tomar seu chá, e, ao partir, passava por janelas protegidas com tábuas.

— A funerária fica na esquina. Eles devem saber. Sempre se vai à mais próxima.

O homem voltou para seu trator e, arquejando pesadamente como se determinado a derrubar a parede com seu próprio esforço, sem ajuda, virou o veículo em direção ao monte de tijolos cobertos de greda. Burden foi à funerária. O cabo retesou-se. Wexford ficou olhando e ouvindo os gemidos da argamassa que desmoronava, até que o inspetor voltou.

— Ele está mesmo morto — disse Burden, procurando caminho entre os escombros. — Morreu em fevereiro passado, há doze meses. Eles se lembram do funeral. Ninguém compareceu, exceto a velha e uma moça que datilografava para Smith. Nosso principal suspeito está num túmulo no cemitério de Stowerton.

— De que ele morreu?

— Coronárias. Tinha quarenta e dois anos.

Um ligeiro tremor barulhento, como o primeiro ribombar que precede um terremoto, fez com que ele olhasse para trás. Na parede da casa de Smith aparecera uma fissura no papel de parede verde e rosa. Do centro daquela fenda, em meio à poeira de reboco marrom, saíam pedaços de tijolos.

— Para mim, senhor, o caso do Geoff Smith é coincidência. Temos de esquecê-lo e começar de novo.

— Coincidência! Não, Mike, não acredito nisso. Seu braço não é tão longo. Um homem foi à casa de Ruby e disse que se chamava Geoff Smith e depois que ele se foi um isqueiro foi achado naquela casa, isqueiro que um homem chamado Geoff Smith comprou há oito anos. *Sabemos* disto, mesmo que não saibamos nada mais, e não podemos esquecer. Foi em Stowerton e um homem chamado Geoff Smith vivia na cidade vizinha, conhecia o lugar como eu e você conhecemos. Este homem está morto, foi morto quando o isqueiro sumiu do apartamento da Sra. Anstey, morto antes de Anita vir morar aqui e estava morto como uma pedra terça-feira passada. Mas negar que ele tenha conexão com o caso, alegando coincidência, é loucura. É deste lado que fica a loucura.

— Então a Sra. Anstey está mentindo. Ela vendeu o isqueiro para Anita — ela admite que vendeu muita coisa — e contou-lhe tudo sobre seu primeiro marido. Isto não seria coincidência, seria o comportamento normal de uma mulher como ela. Anita disse o nome para o namorado e ele ficou em seu subconsciente.

— Por que ela mentiria? — indagou Wexford com raiva. — Qual seria a razão? Eu lhe pergunto, Mike, ela lhe pareceu uma mentirosa?

Burden balançou a cabeça em dúvida e seguiu o inspetor-chefe até o carro, onde Drayton esperava.

— Não acredito nela quando diz que perdeu o isqueiro, de modo algum.

— Não, mas ela acha que o perdeu, disse Wexford rapidamente. A verdade é que alguém o roubou. Quem? Um velho companheiro de Smith? Sabe o que vamos ter de fazer, não é? Todos os amigos de Smith, todos os amigos da Sra. Anstey e todos os namorados de Anita serão investigados para vermos se há a menor ligação entre eles.

Um grito atrás deles os fez apressar o passo.

— Saiam daí!

O trator deu um arquejo final e, com um estrondo que se transformou num urro, o cabo entrou pela parede como um cortador de frios de uma mercearia através de um pedaço de queijo. Então tudo desapareceu atrás de uma enorme nuvem amarela. Onde estivera a casa existia agora nada, exceto um monte de fumaça cor de barro através da qual se podia ver um límpido céu azul.

— O fim de Geoff Smith — falou Wexford. — Vamos, quero meu chá.

"Este caso não tem futuro", pensou Drayton. Em suas aspirações não havia lugar para uma garota como Linda Grover. Nem uma única chance de subir na vida podia ser desperdiçada. Agora, olhando para os dias passados, ele viu que fora culpado por se ligar a uma garota cujo pai era malvisto por seus superiores; fora digno de censura por sair com ela; fora espantosamente imprudente por tornar-se seu amante. A palavra, com suas associações eróticas, insinuantes, o fez arrepiar-se e o arrepio não foi por seu futuro e sua carreira.

Parecia que ele era subornável, corruptível. Ele sabia apenas que ela, como o seu ambiente, era corrupta. E Wexford também sabia. Wexford lhe dissera, apesar de não saber exatamente o que sua proibição implicava, para deixá-la em paz. Esta era sua chance de obedecer, de se submeter e, nesta submissão, de resistir a seu fascínio, sancionado pela autoridade.

Ele pegou sua capa com capuz e desceu as escadas da delegacia. A noite estava quente demais para vesti-lo. Cawthorne teria de ficar sem a taxa de aluguel de seu carro esta noite. Drayton encaminhou-se para a biblioteca, onde pegou um livro sobre psicologia de anormais.

Eram sete horas quando saiu; a biblioteca estava fechando. O Grover também estaria fechado e seria mais seguro se voltasse para casa pela High Street. O ônibus de Stowerton para Forby chegou quando ele se aproximava da parada e ele sentiu uma estranha necessidade de entrar e ser levado para longe, para o mais anônimo e distante interior. Em vez da concentração intelectual que a leitura de psicologia exige, queria esquecer de si mesmo e de sua identidade; queria o esquecimento no silencioso ambiente aquecido. Mas mesmo quando pensava assim, sabia com uma repentina convicção, quase beirando o desespero, que não escaparia deste modo, que o amplo mundo verde não era grande o suficiente para contê-lo e a ela, a não ser que eles estivessem juntos. Começou a sentir frio e a se apressar, como um homem que acelera os passos para estimular a circulação do sangue num dia frio.

Então a viu. Ela estava saltando do ônibus de Stowerton e um homem jovem, bonito, a estava ajudando a descer com seu carrinho de feira cheio com a trouxa de roupa lavada. Drayton a viu sorrir agradecendo e achou que o sorriso era mais insinuante e mais sedutor do que qualquer um que ela jamais lhe dera. O ciúme atingiu-o como um soco na garganta.

Evitá-la era impossível. Ele perdera a vontade e o desejo de esquecer. Lembrou-se das palavras de Wexford — aquele golpe certeiro sobre trabalho na lavanderia — como se lembraria de um sermão monótono, tão espúrio que causa sono. Mas agora ele estava acordado, descuidadamente temerário.

— Posso carregar seu carrinho, minha senhora? Ou deveria dizer, empurrá-lo?

Ela sorriu, uma sombra do olhar que dera ao homem do ônibus. Foi o suficiente. Os grilhões estavam de volta. Ele parecia senti-los se fechando, com um frio toque.

— Meu chefe disse que eu poderia ser tintureiro esta noite — disse, sabendo que estava fazendo uma brincadeira tola, cortejando-a de novo como fazia todas as vezes em que se encontravam.

— Ele estava certo. Quem está tomando conta da loja?

— Seu chefe o tem em alta conta — disse ela, e ele percebeu um tom de proprietária, de satisfação. — Pude ver isso no café hoje.

O rosto dela anuviou-se.

— Papai está de pé — continuou. — Suas costas estão horríveis, mas ele diz que não pode confiar em nós nos negócios.

Drayton sentiu um enorme desejo de ver o pai. Sorriu para si mesmo. Não fora assim que vislumbrara um encontro tão crucial e significativo, não nessas circunstâncias, nem neste lugar. "Daqui a dez anos", pensava, "uma boa moça educada; um pai com alto grau de escolaridade, com um diploma, pérolas em redor do pescoço da mãe; uma casa do interior metade revestida de madeira com jardins e talvez uma estrebaria". Ela abriu a porta da loja e o velho cheiro de bolor veio ao seu encontro.

Grover estava atrás do balcão varrendo balas que alguém cuspira. Suas mãos estavam sujas e havia marcas de ferrugem em redor da borda da jarra que ele segurava. Drayton esperara um homem mais velho. Parecia não ter mais do que quarenta anos, se tanto. Não havia fios brancos no cabelo escuro sem brilho e os sinais da idade só apareciam por causa dos músculos do rosto, contorcidos de dor. Quando viu a filha, colocou a jarra no chão e a mão na parte inferior das costas.

— Sua mãe acabou de sair para seu jogo de cartas — disse, e Drayton achou a voz horrível. — Ela quer a roupa passada esta noite.

Falou com a filha como se ela estivesse sozinha, olhando para ela carrancudo.

— O senhor devia estar na cama — disse Linda.

— E deixar o negócio ir para o buraco? Você fez uma bagunça nesses livros!

Apesar de ser ele moreno e ela loura, a semelhança entre pai e filha era tanta que Drayton teve de virar as costas deliberadamente para parar de encará-los. Se o homem sorrisse ele seria capaz de chorar alto de agonia. Mas as chances de Grover sorrir eram pequenas.

— Acabou a boa vida — disse ele. — Isso eu sei. De volta ao batente amanhã.

Saiu de trás do balcão como se fosse agarrá-la como uma presa, e realmente seus movimentos retorcidos de certo modo sugeriam os de um animal aleijado e encurralado.

— Depois vou tirar o carro — resmungou. — Imagino que não o limpou desde que caí de cama.

— O médico não vai gostar disso — disse ela, e Drayton percebeu cansaço em sua voz. — Por que não volta para a cama? Estou aqui. Cuido de tudo.

Segurou-o pelo braço, como se ele realmente fosse a criatura velha e alquebrada que Drayton imaginara. Sozinho na loja, Drayton se sentiu desolado. Este não era lugar para ele e, como sempre, sentiu uma compulsão de lavar as mãos. Talvez ela esquecesse que ele estava lá, absorvida como sempre em suas tarefas domésticas, e ele seria deixado entre as revistas suspeitas — as facas escondidas? — até que a noite chegasse e aprofundasse essa escuridão. Porque ele sabia que era um prisioneiro e que não poderia partir sem ela.

Pareceu ter transcorrido um século até ela voltar, e quando ela chegou ele achou que seu rosto devia trair Deus sabe que escravidão, uma saudade no limite de suas forças.

— Tive de estender a roupa — disse ela. — Não que vá secar esta noite. Eu devia tê-la levado para lavar à tarde, como fiz semana passada.

Quando se aproximou dela, colocou as mãos em seu rosto, tocando-a como um cego.

— Sem carro esta noite? — perguntou ela.

Ele balançou a cabeça.

— Usaremos o do papai.

— Não. Vamos dar uma volta a pé.

Ele sabia que ela dirigia; ela contara para Wexford. O poder mínimo que ele retinha acabaria completamente se permitisse que ela o levasse pela cidade no carro do pai.

— Amanhã então — disse ela, e olhou longamente em seus olhos. — Promete que amanhã sim, Mark, antes que papai possa se movimentar e... e o peça de volta.

Ele pensou que naquele momento teria prometido sua própria vida se ela tivesse pedido.

— Tome conta de mim — disse ela, com uma repentina agonia na voz.

No andar de cima, podia-se ouvir o homem aleijado andar.

— Oh, Mark, Mark...

O rio acenava para eles com seu silencioso curso protegido. Draytou tomou-a nos braços no lugar onde vira o outro homem beijá-la, mas se esquecera disso e de tudo o mais que acontecera antes deles se conhecerem. Mesmo o desejo de satisfação física imediata estava menos forte. Ele atingira um estágio no qual seu principal desejo era estar sozinho com ela, em silêncio, abraçados e silenciosamente juntando suas bocas.

— Acho que tive razão em chamá-lo — disse Burden.
Levantou-se para deixar Wexford sentar-se a seu lado perto da janela. Como sempre nessa hora do dia, o bar do Olive and Dove estava cheio.

— Não dava para esperar até amanhã, suponho — resmungou Wexford. — Não se sente. Pode pegar uma cerveja para mim antes de começar sua exposição.

Burden voltou com duas canecas de cerveja.

— Um pouco apinhado e barulhento aqui, senhor.

— Nem metade tão apinhado e barulhento como minha casa. Minha filha Sheila está dando uma festinha.

— Não — disse Burden com um sorriso — eles não chamam mais disso.

Wexford disse, beligerante, atrás de sua caneca de cerveja:

— Como eles chamam então?

— Não tenho a menor idéia.

Foram para um canto mais silencioso. Wexford levantou a orla da cortina e olhou para a rua. Estava escuro e havia pouca gente. Meia dúzia de jovens matando o tempo na entrada do estacionamento do cinema, empurrando uns aos outros e rindo.

— Olhe para aqueles desgraçados carros verdes — disse o inspetor-chefe irritado. — Pelo que sabemos, ele está lá, passeando ou no cinema.

— Acho que sei quem é ele — disse Burden baixinho.

— Bem, não suponho que me trouxe para cá por causa da bebida. Vamos ver.

Burden olhou especulativamente para o rosto enrugado. A expressão não era encorajadora. Por um momento hesitou, agitando a caneca. Chegara a uma conclusão, ou em vez disso a cristalizara, depois de discutir consigo mesmo por três horas. Quando formulou sua teoria e catalogou os detalhes, ficou tão excitado que tinha de contar para alguém. O alguém, óbvio, agora estava sentado em frente a ele, já irônico e certamente preparado para fazer chacota. O outro chefe evidentemente já decidira que toda a investigação era apenas baboseira. Assim como se diz que a fria luz da manhã dispersa os fantasmas da noite anterior, do mesmo modo a atmosfera do Olive and Dove, as repentinas irrupções de risadas estridentes e o olhar de dúvida de Wexford retiraram de sua engenhosa teoria tudo o que era irrefutável, deixando apenas a ingenuidade. Talvez fosse melhor ele beber sua cerveja e partir sem dizer uma palavra. Wexford estava batendo com os pés, impaciente. Limpando a garganta, Burden disse pouco convincentemente:

— Acho que é o marido da Sra. Anstey.

— *Smith*? Meu Deus, Mike, já passamos por isto. Ele está morto.

— Smith está, mas Anstey não. Pelo menos não há nada que nos faça supor isso.

Burden abaixou a voz quando alguém passou por sua mesa.

— Acho que pode ser Anstey. Devo dizer por quê?

As sobrancelhas eriçadas de Wexford se levantaram.

— Bem podia ser. Não sabemos nada sobre o sujeito. Ela praticamente não falou nele.

— E não acha que isto é estranho?

— Talvez — disse Wexford pensativo. — Talvez.

Ele parecia prestes a continuar. Burden não queria que o vento soprasse contra sua corrente e disse sofregamente:

— De quem ela dá a impressão de gostar mais, do homem que se divorciou dela há cinco anos ou do homem com o qual está casada agora? Ela lamenta aquele divórcio, senhor, e não se importou de deixar isso claro para três estranhos que nem mesmo estavam interessados nisso. "É agradável ter sido amada e se lembrar disso quando terminou", disse ela. São estas as palavras de uma mulher casada feliz? E aquilo sobre ser muito solitária? Ela é uma professora. Uma mulher com um emprego será muito solitária? Ela dificilmente seria muito solitária.

— Acha que ela e Anstey estão separados?

— Acho — disse Burden com decisão.

Wexford não mostrou nenhuma vontade de rir e ele começou a adquirir confiança.

— Não acreditamos que ela perdeu o isqueiro, mas ela acredita. Se não o perdeu, mas o deixou por lá, ou em sua bolsa, qual a pessoa que tem mais probabilidade de tê-lo apanhado? O marido errante. Muito provavelmente Smith se divorciou dela por causa de Anstey. Isto significa adultério, e o homem que o comete uma vez o cometerá de novo.

— Falou o moralista empedernido — disse Wexford sorrindo. — Não sei se concordo. Pela sua teoria, lógico, Anstey teve um caso com Anita e deu-lhe o isqueiro. Mike, tudo bem até aí, mas você não tem nenhuma razão plausível para achar que Anstey a deixou. Não esqueça que estamos nas férias da Páscoa e uma professora casada fica muito solitária durante as férias.

— Então por que ela diz que só tem seu salário para viver ?—

perguntou Burden triunfante. — É verdade o que ela diz sobre vender jóias. Eu a vi na loja do Knobby Clark.

— Vou lhe pagar uma bebida — disse Wexford, que agora estava de boa vontade.

— Uísque — disse Burden quando ele voltou. — Muito gentil. Saúde.

— À solução — Wexford levantou seu copo. — Onde está Anstey agora?

Burden deu de ombros.

— Em algum lugar por aí. Apenas levando a vida com não importa que emprego tenha.

— Como é tão esperto, sem dúvida será capaz de me dizer por que um homem chamado Anstey dá o nome do ex-marido de sua mulher quando sai com outra mulher? Não apenas Smith, preste atenção, mas *Geoff Smith.*

— Não sei — falou Burden, com menos satisfação.

— Ou por que matou a moça? Qual era seu motivo?

— Quando suspeitamos de Kirkpatrick, assumimos que o motivo era ciúme. Não levamos em conta as quinhentas libras que Anita tinha em sua bolsa.

— Neste caso, Mike, por que não esperou até que eles estivessem no carro, dirigiu para algum lugar isolado e a matou lá? Não se mata uma mulher na casa de outra pessoa com um método que deixa pistas incriminatórias quando poderia fazê-lo, por exemplo, na Floresta Cheriton. O que me leva a outro ponto. Ruby e Monkey acharam que ele voltaria. Foi porque queriam que ele fosse apanhado antes que pudesse voltar que Monkey escreveu para mim. Por que não voltou?

— Apavorado, suponho. Não sabemos onde ele está. Pelo que sabemos, deve ter ido para casa pelo menos por um tempo.

Burden balançou a cabeça lamentando.

— Não sei — disse, e acrescentou, se repetindo: — Não sei.

— Talvez a Sra. Anstey saiba. Beba. Eles estão fechando.

Na rua, Wexford aspirou o suave ar de abril. O céu, que estivera claro, agora estava ficando nublado e as nuvens manchavam a Lua. Chegaram à ponte. Um cisne deslizou para fora do túnel, para dentro do foco de luz do poste, e então para suas sombras gêmeas. Wexford passou os olhos pela High Street quase vazia, pelas peroladas lâmpadas amarelas e brancas e pelos escuros buracos feitos pelos becos sem iluminação.

Na parede alta que se levantava à sua frente uma janela aberta a seis metros revelava uma moça debruçada com o braço pendendo como se no corrimão de um balcão. Num suporte abaixo estava uma lâmpada numa gaiola de ferro; e embaixo dela um homem olhava para cima, a metade sob seu foco de luz, metade na sombra aveludada.

— Ah, Lua de meus prazeres — citou Wexford suavemente — que não conhece quarto minguante...

Com um mau humor que não se deu ao trabalho de esconder, Burden disse:

— Drayton recebeu ordens de deixá-la em paz.

E franziu o cenho para a Lua amarela, manchada de nuvens.

Realmente os ídolos que eu tanto amei
Fizeram meu crédito aos olhos dos Homens muito errado:
Afogaram minha Honra numa xícara rasa,
E venderam minha reputação por uma Canção.

15

De manhã a chuva voltou. Pelo jeito do céu parecia um daqueles dias em que chove do orvalhado amanhecer até o gotejante anoitecer envolvido na neblina. Wexford, ligando para Sewingbury, segurou o fone debaixo do queixo e estendeu o braço para abaixar a veneziana. Estava ouvindo o telefone chamar quando Drayton entrou.

— A Sra. Anstey está aí para vê-lo, senhor. Passei por ela ao entrar.

Wexford desligou o telefone.

— Pelo menos uma vez a montanha veio a Maomé.

— Devo trazê-la para cá?

— Espere um momento, Drayton.

Era uma ordem, bastante dura e com um tom de censura. O rapaz parou e virou-se, obediente.

Divertiu se a noite passada?

Se isto era possível, o rosto de Drayton se tornou mais do que nunca um mistério, secreto, cauteloso, mas não inocente.

— Sim, obrigado, senhor.

A chuva batia na janela. Escurecera bastante no escritório, como se a noite tivesse chegado às nove e meia da manhã.

— Acho que ainda não conheceu muitos jovens por aqui?

A pergunta demandava uma cordialidade avuncular, mas Wex ford a fez soar ameaçadora.

— Não muitos, senhor.

— Pena. Meu Deus, minha filha parece conhecer um bocado deles. Sempre dando uma... não, não é uma festinha. Burden me corrigiu... uma reunião em nossa casa. Um grupo bem decente Se você não se importa com barulho. Acho que não se importa.

Drayton permaneceu imóvel, o silêncio personificado.

— Você deve aparecer lá em casa uma noite dessas.

Olhou friamente para o rapaz.

— Sozinho.

— Sim, senhor, eu gostaria.

— Ótimo, vou dizer a Sheila para dar uma ligada para você.

A severidade desaparecera e a cordialidade a substituíra.

— Agora, vamos ver a Sra. Anstey — disse o inspetor-chefe.

A chuva dava a Wexford uma sensação de confinamento quase claustrofóbico, como se ele estivesse encerrado entre paredes de água. Podia ouvi-la jorrar dos canos e despejar-se sobre os corpos nus das estátuas de pedra. Pena que nunca parecia lavá-los adequadamente; apenas deixava trilhas cinzentas nos ombros e quadris. Ele acendeu as luzes quando Burden entrou seguido da Sra. Anstey, os dois tão molhados como criaturas das profundezas do oceano. O guarda-chuva da Sra. Anstey estava pendurado no braço e a água que escorria pingava em seus sapatos.

— Tive de vir — disse ela. — Tive um impulso. Depois que o senhor foi embora, fiquei pensando; o que neste mundo o senhor queria dizer com relação a uma moça que mencionou?

Sua risada soou como água fresca, borbulhante, porém um pouco hesitante.

— Peguei o primeiro ônibus.

Tirou o impermeável cinza e o horroroso capuz que cobria seus cabelos castanhos. Havia pingos de chuva em seu nariz e ela o enrugava como um cachorrinho.

— Geoff e uma moça. Não gostei. Desmancha-prazeres, não sou? O fato é que preciso vê-lo. Esperei demais. Estou indo para lá agora, mas achei que devia vê-lo primeiro.

Sem explicação, riu novamente, e desta vez a risada tinha um acento nervoso.

— Ele tem uma namorada? — perguntou, e isto explicou a risada.

"Para o portador de más notícias", pensou Wexford, "a derrota é certa". Como acontecera? Algo em sua voz soava como uma taciturna sineta de advertência. Isto não tinha importância. Apenas a dor atual importava. Pela primeira vez desde que ele e Burden haviam discutido a morte de Smith, se lembrou de seu dever especial. Teria de contar para ela. O fato de ela ser apenas a ex-mulher, tinha certeza, não fazia a menor diferença.

— Ele tem? — perguntou ela, de novo, agora implorando.

— Não consegui vê-lo, Sra. Anstey.

Sem mentira, sem tergiversação. Nada disso seria possível com essa mulher. Burden virara as costas.

— O que houve? Aconteceu alguma coisa ruim...

Ela ficou de pé, a coisa de plástico de sua cabeça retesada entre seus dedos.

— Ele está doente, ele está...

— Ele está morto.

Não importa quão preparados estejamos, ainda assim é um choque. Nunca estamos suficientemente preparados. Até que as palavras são pronunciadas, a esperança é invencível.

— Sinto muito — disse ele rapidamente. — Sinto muito mesmo. Foi um enfarte, há pouco mais de um ano. Tenho certeza de que foi rápido.

— Ele não pode estar morto!

As palavras eram um eco das de Burden. Para Burden, ele não podia estar morto porque fazia com que uma teoria perdesse o sentido; não podia estar morto para ela porque também ela tinha uma teoria, uma teoria para refazer sua vida?

— Temo que esteja.

— Não morto!

Wexford percebeu o tênue fio da histeria, o abrasador choque eletrizante.

— Por favor, sente-se. Vou pegar alguma coisa para a senhora beber.

Com uma espécie de repugnância, ele a viu procurar, tateando, a cadeira na qual se sentara, achá-la, afastá-la com um pontapé e cambalear até a parede. Seus punhos se fecharam, ela bateu com a cabeça no reboco, depois os punhos se levantaram, esmurrando e batendo na dura superfície.

Wexford aproximou-se dela.

— Melhor chamar uma das policiais — disse a Burden.

Ela então começou a gritar com um frenesi gutural.

A policial tirou a xícara de chá da mão dela e a substituiu por um lenço limpo.

— Sente-se melhor agora?

Noreen Anstey balançou a cabeça, concordando. Seu rosto estava vermelho e inchado e o cabelo, apesar de molhado da chuva, dava a impressão de estar, como suas faces, ensopado de lágrimas. Ela era um poço de lágrimas, de lamento. De repente, disse, bastante composta.

— Nunca mais vou poder pedir perdão a ele.

Por um momento teve fôlego suficiente apenas para dizer isso. Soluços se seguiram. Eram como sangue bombeado de uma veia.

— Não vou mais chorar.

Os soluços eram involuntários. Finalmente desapareceriam.

— Vou para meu túmulo sabendo que ele nunca soube que eu sentia muito.

Wexford fez um movimento com a cabeça para a policial e ela foi embora com a xícara de chá e o lenço molhado.

— Ele a perdoou. Não lhe deu o apartamento?

Ela mal parecia ouvi-lo.

— Ele morreu e eu nem sequer sabia.

Wexford pensou nas duas mulheres no funeral de Smith, a velha vizinha e a moça que fazia sua datilografia.

— Você nem mesmo sabe o que fiz com ele, sabe? Fomos casados oito anos, o casal perfeito, o casal feliz. Era o que todos diziam, e era verdade.

Os soluços fizeram um estertor em sua garganta.

— Ele costumava comprar presentes para mim. Presentes não de aniversário, como os chamava. Não poderia fazer tantos anos, ficaria velha muito rápido.

Cobriu os olhos, balançando a cabeça de um lado para o outro.

— Morávamos numa casa onde ele tinha seu escritório. Havia uma oficina ao lado. Podia vê-la de minha janela. Parei de trabalhar, eu ensinava. Não precisava quando tinha Geoff para cuidar de mim.

As frases saíam aos arrancos, curtas, ásperas, entrecortadas. Wexford aproximou sua cadeira e sentou-se olhando para seu próprio colo.

— Ray Anstey trabalhava na oficina. Eu costumava observá-lo. Sabe como eles se deitam de costas, com as cabeças jogadas para trás? Meu Deus!

Ela tremeu.

— Não quer ouvir isto. É melhor eu ir embora.

Suas coisas ainda estavam molhadas, a capa de chuva, o guarda-chuva que escorrera e fizera uma poça no chão como uma bolha. Ela apalpou debilmente os lados da cadeira, procurando sua bolsa.

— Nós a levaremos para casa, Sra. Anstey — disse Wexford gentilmente. — Mas não já. Gostaria de descansar? Duas perguntas apenas e então poderá descansar.

— Ele está morto. Fora do seu alcance. Por que andavam atrás dele?

— Acho — disse Wexford vagarosamente — que é o seu segundo marido que procuramos.

— Ray?

— Onde ele está, Sra. Anstey?

— Não sei — disse ela cansada. — Não o vejo há meses. Ele me deixou no final do ano passado.

— A senhora disse que ele trabalhava numa oficina. Ele é mecânico?

— Acho que sim. Que mais poderia ser?

Suas luvas estavam no chão, a seus pés. Ela as pegou e olhou para elas como para duas coisas molhadas, mortas, dragadas do fundo de um lago.

— O senhor o procurava o tempo todo?

Seu rosto adquiriu uma doentia cor branca, e ela levantou-se.

— Era meu *marido* que o senhor queria, não Geoff?

Wexford fez que sim com a cabeça.

— O que ele fez? — perguntou ela roucamente.

— Uma moça desapareceu, provavelmente morta...

— A faca — disse ela.

Seus olhos ficaram fora de foco. Wexford deu um passo na direção dela e acolheu-a nos braços.

— Onde sua irmã levou o carro para consertar? — perguntou Burden.

Margolis afastou os olhos de seu tardio desjejum: café, suco de laranja e pouco apetitosos ovos cozidos. Tinha uma expressão desamparadamente apática.

— Em alguma oficina. Deve ter sido no Cawthorne, não deve?

— Vamos, Sr. Margolis. O senhor deve saber. O senhor não leva seu carro também?

— Ann se encarregava dessas coisas. Quando precisava, ela providenciava.

O pintor virou as cascas de ovo de cabeça para baixo em seu oveiro como uma criança fazendo brincadeiras de 1º de abril.

— Havia algo, porém...

Seus longos dedos passaram por seus cabelos, que ficaram em pé, eriçados.

— Algum problema. Lembro-me remotamente de ouvi-la dizer que ia num outro lugar.

Pôs a bandeja no braço do sofá, levantou-se para sacudir as migalhas de seu colo.

— Queria poder me lembrar.

— Ela o levou para aquele Ray, Sr. M. — disse a Sra. Penistan vivamente. — O senhor sabe disso. Por que o senhor não se reanima?

Ela deu de ombros, virando os olhinhos para o céu.

— Ele está arrasado desde que a irmã se foi. Não posso fazer nada por ele.

Ela se sentou ao lado de Margolis e olhou para ele longamente, irritada. Burden se lembrou de uma mãe ou uma avozinha levando uma criança teimosa a uma festa, especialmente quando se inclinou sobre ele e, com um vivo estalar da língua, puxou seu roupão para esconder as calças do pijama.

— Ray de quê?

— Não me pergunte, querido. Sabe como ela era com os nomes de batismo. Tudo o que sei é que ela chegou, há cerca de dois meses, e disse: "Agüentei por mais tempo do que posso suportar os preços do Russell. Acho uma boa idéia levar o carro para o Ray." "Quem é Ray"?, perguntei. Mas ela apenas riu. "Não se preocupe, Sra. P. Vamos dizer que ele é um bom rapaz que gosta muito de mim. Se eu lhe disser quem é ele, ele pode perder o emprego".

— Ele veio aqui consertar os carros?

— Oh, não, querido. Bem, ele não teria as ferramentas, teria? A Sra. Penistan pesquisou o estúdio e a janela como para deixar claro que nada de uso prático para um ser humano normal podia ser encontrado no chalé ou no jardim.

— Ela sempre os levava. Ele morava por aqui, sabe. Em algum lugar por aqui. Eu a via sair, mas sempre já tinha ido embora quando ela voltava. *Ele* deve ter estado aqui.

Ela roçou o cotovelo nos magros quadris de Margolis.

— Mas ele não ouve o que as pessoas lhe dizem.

Burden deixou-os juntos, sentados lado a lado, com a Sra. Penistan insistindo com Margolis para que terminasse de tomar o café. A forte chuva tornara o caminho escorregadio e havia pétalas molhadas por toda parte no chão. As portas da garagem estavam abertas e pela primeira vez Burden viu o carro de Margolis, e viu que era verde.

Ele estava começando a distinguir um esquema, o modo como tudo acontecera. Agora achava que entendia por que um carro preto e um carro verde haviam sido usados e onde estivera o carro branco de Anita até a madrugada. Uma nova excitação o fez andar agilmente até o portão do chalé. Ele o abriu e o arbusto de pilriteiro respingou água nele, como se alguém tivesse colocado um aspersor em seus galhos.

"É assim que um psiquiatra deve se sentir", pensou Wexford. Noreen Anstey estava deitada no sofá da sala de estar, olhando para o teto, e ele estava sentado ao lado dela, ouvindo-a falar.

— Ele sempre tinha uma faca consigo — disse ela. — Eu a vi no primeiro dia, na primeira vez que ele subiu até nossa casa. Geoff estava trabalhando no primeiro andar. Eu costumava levar-lhe café e então comecei a levar para o Ray também. Num dia ele subiu.

Por um instante ficou calada, balançando a cabeça de um lado para o outro.

— Meu Deus, ele era lindo! Não simpático, mas bonito, perfeito. Como as pessoas devem ser, como nunca fui. Não muito alto, cabelo preto, boca vermelha como uma flor...

Ele não queria interrompê-la, mas teve de fazê-lo. Não era um psiquiatra de verdade.

— Quantos anos ele tem?

— Dez anos mais novo que eu — respondeu ela, e ele percebeu que lhe doía dizer isso. — Ele subiu aquele dia. Nós estávamos sozinhos e ele tinha a faca, uma pequena faca de mola. Ele a tirou do bolso e a colocou na mesa. Eu nunca vira uma antes e não sabia o que era. Não conversamos muito. O que tínhamos para conversar? Não tínhamos nada em comum. Ele se sentou lá, sorrindo, fazendo insinuações maliciosas.

Ela quase riu, mas foi um arquejo que Wexford ouviu.

— Eu o desejava desesperadamente.

Virando o rosto para a parede, ela continuou:

— Eu ganhara aquele isqueiro alguns meses antes e me lembro de acender um cigarro para Ray. Ele disse "Não, acenda-o em sua boca". Olhou para o isqueiro e disse: "Ele lhe dá isto? Ele lhe dá brinquedos porque não pode lhe dar mais nada?" Não era verdade, mas era o que parecia ser, o que eu parecia sentir. Tenho um brinquedo também, disse, e pegou a faca e a colocou em minha garganta. A lâmina apareceu. Fiquei imóvel ou ele me cortaria. Meu Deus, eu era uma professora de francês numa escola feminina. Nunca estivera em nenhum lugar ou fizera nada. Era de esperar que gritasse. Mas eu o deixaria me matar, então? Mais tarde, depois que ele foi embora, vi que saía sangue de meu pescoço, de um pequeno arranhão, e tive a certeza de que ele ficara olhando todo o tempo em que estava fazendo amor comigo.

— Smith se divorciou da senhora? — perguntou Wexford para preencher o grande silêncio.

— Ele descobriu. Não foi difícil. Nunca fui muito boa em esconder meus sentimentos. Geoff teria me perdoado e começado de novo. Ele não podia acreditar que eu queria me casar com um homem dez anos mais novo do que eu, e um ajudante de mecânico... Estava louca por ele. Sabia que era um sádico e um degenerado. Ele me cortaria, realmente me cortaria depois disso.

Ela desabotoou o vestido. No seio esquerdo, onde a carne arqueava sob a clavícula, havia uma pequena cicatriz branca. Apesar de todos os seus anos de experiência, Wexford sentiu um mal-estar no fundo da garganta, como uma unhada.

— A senhora foi sempre infeliz?

— Nunca fui *feliz* com ele — disse ela, quase acusando. — Acho que não houve um momento em que pudesse dizer que fui *feliz*. Ele zombava de Geoff. Sabe o que costumava fazer? Usava o nome de Geoff. Fingia que era o Geoff.

Wexford aquiesceu com a cabeça, advinhando o que viria.

— Quando o telefone tocava, ele o atendia e dizia... bem, como que distraído, "Geoff Smith falando". Depois se corrigia e dizia que cometera um engano. Certa vez levou algumas roupas para a lavanderia, imundos macacões, e quando fui buscá-los eles não conseguiam achá-los. Estavam no nome de Smith, sabe? Em qualquer coisa um pouco sórdida ou não respeitável em que estivesse envolvido, sempre usava o nome de Geoff. Uma moça apareceu por aqui certa vez... não devia ter mais do que dezessete anos... e perguntou se era aqui que Geoff Smith morava. Ele lhe dera o fora e ela o queria de volta, apesar de ele ter usado a faca nela também. Ela me mostrou a cicatriz em seu pescoço. Eu disse a ele que algum dia iria longe demais. Ele mataria uma delas ou ela iria a polícia.

— Ele foi longe demais — disse Wexford.

— Ele precisava ver o sangue delas, sabe?

Ela falava muito calma, sem emoção. Não era a primeira vez que Wexford refletia sobre o efeito tedioso do costume, sobre como o hábito atenuava o golpe. O hábito de atos desumanos asfixiava a compaixão...

— Eu costumava achar — disse ela — que algum dia haveria uma moça que não ficaria hipnotizada, mas apenas completamente amedrontada, e talvez enfiasse a faca nele. Ele não era grande e forte, sabe, não forte fisicamente. Sua força era de outro tipo. Eu costumava jogar as facas fora, mas ele sempre comprava novas. Então ele me deixou.

— Isto deve ter sido na ocasião em que perdeu o isqueiro.

Noreen Anstey levantou se, apoiando-se em um cotovelo, depois virou-se e colocou as pernas no chão.

— Tenho pensado nisso. Ray deve tê-lo apanhado. Ele pegou várias coisas de Geoff e de mim quando ainda estávamos casados. Eu não podia provar, mas achava que ele pegava jóias, coisas assim.

Ela soluçou, cobria o rosto com as mãos e abaixou-as novamente.

— Acho que Geoff também suspeitava. Tantas foram as coisas que ambos soubemos e nunca dissemos. Oh, sinto muito!

Ela gritou, cerrando os punhos e preessionando-os m seu colo.

— Sinto tanto. Quero descobrir onde ele está enterrado e deitar em seu túmulo e gritar para a terra que sinto muito!

"Tantas mulheres sentiam muito", pensou Wexford. Noreen Anstey porque jogara fora um amor em troca da feia sombra do amor; Ruby Branch porque traíra um velho escroque, e Anita Margolis? Os mortos não lamentam. Ela não podia lamentar o fato de ter jogado seu perigoso jogo com tanta freqüência, de tê-lo jogado com um homem com uma faca.

16

— TEM UMA AMIGA que possa ficar com a senhora? — perguntou Wexford. — Mãe, irmã, uma vizinha?

Noreen Anstey parecia ter encolhido. Sem sua vitalidade, era apenas uma pequena mulher comum entrando na meia-idade.

— Minha mãe está morta. Ray me afastou de meus amigos.

— Uma policial vai voltar com a senhora. Ela encontrará alguém que lhe faça companhia.

— E quando o encontrar? — perguntou ela com uma amarga melancolia.

— Nós nos manteremos em contato, Sra. Anstey. Por que acha que ele veio para Kingsmarkham?

Ela deu de ombros, vestindo a amarrotada capa de chuva. Agora, cada movimento era uma espécie de arrepio, um arqueio e um encolher do corpo, um processo gradual de contração.

— Se eu disser que foi para persegui-lo, vai pensar que estou louca. Mas isto seria típico de Ray. Ele iria a... a Geoff e diria que estragara duas vidas, mas ele me deixou agora e toda a agonia foi por nada. É um sádico. Depois ele começaria tudo de novo, aquele negócio de usar o nome de Geoff, dizendo para as garotas que se chamava Geoff e dando-lhes seu endereço.

— Sra. Anstey, a senhora pensou que éramos amigos de seu marido não foi? Quando perguntamos se era a Sra. Smith? Pensou que Anstey nos colocara atrás da senhora?

Ela limitou-se a balançar a cabeça.

— Ele deve ter sabido que o Sr. Smith estava morto. Usaria seu nome sabendo que ele estava morto?

— Poderia fazê-lo. Não com a garota. Não haveria razão para isso. Mas se pretendia fazer alguma coisa sórdida ou não respeitável, poderia. Seria uma piada para ele, desonrar a memória de Geoff. Já era hábito também.

— Fico imaginando por que ele ficou.

— Acho que gostava daqui ou conseguiu um bom emprego que lhe convinha. Sua idéia de paraíso era um patrão cordial que pagasse bem e fingisse não ver que Ray roubava seus fregueses e consertava seus carros mais barato. Foi sempre assim que ele conheceu suas namoradas.

Wexford não queria feri-la mais do que o necessário, mas não achava que a menção dos delitos de Anstey a faria sofrer mais.

— Rondando suas casas enquanto os maridos estavam trabalhando, imagino? Sentando no carro com elas, o toque pessoal?

— Ele não estava se dando muito bem em Sewingbury. As pessoas começaram a saber muito sobre ele. Alguns desses donos de oficina dão um carro a seus mecânicos ou os deixam usar um, emprestado. O patrão de Ray ficou zangado quando ele amassou um de seus carros de aluguel. Não, pode ter certeza que ele achou um emprego, e um bom emprego.

Ela deu-lhe as costas e cobriu os olhos.

— Se Geoff estivesse vivo! — sussurrou. — Oh, se ele estivesse vivo! Ray não poderia mais magoá-lo, ou a mim. Quando Geoff o visse e soubesse que ele me largara, teria voltado para mim. Eu costumava pensar freqüentemente, ele vai descobrir, vai saber mais cedo ou mais tarde. Costumávamos ser capazes de ler a mente um do outro. As pessoas casadas podem. Ele também é solitário, eu achava. Está só há mais tempo do que eu.

Ela começou a chorar mansamente, as lágrimas suaves de uma dor inconsolável.

— Isto é uma bobagem, ler pensamentos. Ele estava morto.

Ela falou de modo claro, como se estivesse apenas falando, sem chorar.

— E eu sentada esperando por ele, realmente bastante feliz e em paz. Eu não tinha saudade dele, ou estava apaixonada, nada disso. Estava em paz e pensei, um dia, esta semana, na próxima semana, algum dia... bem, foi nunca, não foi?

Seus dedos limparam as lágrimas.

— Posso ficar com meu isqueiro?

Ele a deixara segurá-lo, mas balançou a cabeça ao ouvir o pedido.

— Em breve.

— O nome do desenho é de um poema de Baudelaire. Geoff sabia que eu adorava aquele verso. "*... et tes seins*", falou ela, "*Les grappes de ma vigne*".

O francês de Wexford não era muito bom, mas ele entendeu. Ela lhe mostrara a cicatriz que Anstey, o ladrão e o sádico, fizera com sua faca. Ele desviou os olhos.

Parecia que Russell Cawthorne estava com uma moça no escritório. Com as costas para a porta, ela usava um casaco vermelho, o brilhante vermelho forte de um carro de bombeiro com a pintura ainda molhada. Burden dirigiu através da chuva e parou sob a faixa que anunciava a venda de bônus. A moça abriu a porta e a ilusão desapareceu, porque foi o rosto da Sra. Cawthorne que apareceu entre a gola escarlate e o frívolo cabelo louro.

— Melhor irmos para casa — disse Cawthorne, que se levantou grunhindo. — Vamos lá, pessoal, corra!

Na sala de estar, a dama pré-rafaelita contemplava seu lírio com piedoso escárnio. Ela vira coisas demais acontecerem nesta sala, parecia estar dizendo, e a maioria não fora edificante. A Sra. Cawthorne tirou o casaco vermelho e exibiu um vestido de lã cor de limão. Seus brincos de árvore de Natal encostavam nos ombros. Vermelhos e brilhantes, fizeram Wexford se lembrar de maçãs do amor.

— Ray Anstey trabalhou para mim seis meses — disse Cawthorne. — Era um bom rapaz, sabia trabalhar.

Eles se sentaram entre as mesas entulhadas, as frutas de cera, o candelabro. "Meu Deus", pensou Wexford, "está voltando tudo? É deste modo que minha Sheila vai decorar sua casa quando chegar a hora?"

— Quando chegou aqui, disse que queria um emprego temporário. Só viera para a cidade para procurar um amigo, mas segundo ele o amigo morrera e ele decidiu ficar.

"Geoff Smith", imaginou Wexford. "Smith, o ofendido, o idiota eternamente sedutor".

— Muito chegado às mulheres?

— Eu não diria isso.

Cawthorne olhou de esguelha para Burden. Talvez Cawthorne estivesse se lembrando das perguntas sobre sua própria propensão nesse campo. Tremeu e acrescentou, como um coronel discutindo com um oficial da mesma patente, ou de patente superior, a desobediência de um subalterno.

— Era um belo demoniozinho, contudo.

A Sra. Cawthorne contorceu-se. Wexford olhou para ela. Já vira uma expressão semelhante nos olhos de sua filha Sheila, de dezessete anos, quando ela contava triunfante a investida malsucedida de um rapaz. Aqui havia o mesmo meio sorriso, a mesma zombaria amedrontada. Mas certamente ela não esperava que ele acreditasse... Sim, esperava.

— Você não diria isso? — perguntou maliciosa ao marido. — Então tudo o que posso dizer é que você não presta atenção ao que digo.

O olhar enojado de Cawthorne fez isto parecer mais do que provável.

— Nossa, o modo como ele olhava para mim algumas vezes!

Ela dirigiu-se a Wexford.

— Estou acostumada, lógico. Eu sabia do que o jovem Ray estava atrás. Não que ele tenha dito alguma coisa. Seu emprego valia mais do que andar atrás da mulher do patrão.

O marido olhou para o teto, fixando os olhos num querubim de plástico.

— Oh, Deus! — disse baixinho.

— Quando ele foi embora? — perguntou Wexford rapidamente.

A insinuação da mulher desequilibrara temporariamente Cawthorne. Ele foi até o guarda-louça e serviu-se de um uísque antes de responder.

— Vejamos — disse, quando já bebera metade do drinque. — Sábado passado fez uma semana.

"O dia em que reservou o quarto de Ruby", pensou Wexford

— Lembro-me de ter pensado como ele era extremamente ousado.

— Em que sentido? — Porque ele foi embora?

— Não só por isso. Pelo modo como foi embora. Tenho o costume de deixar meus empregados usarem um carro quando precisam, contanto que me avisem com antecedência. É duro para um rapaz querer sair com a namorada.

Ele sorriu filantropicamente, o amigo dos jovens, e limpou os óculos.

— Anstey era do tipo que tira vantagem. Noite após noite pegava um carro, e para ele tanto fazia o fato de eu saber ou não. Bem, naquele sábado de manhã estávamos um pouco com falta de gente para trabalhar e notei que Anstey não aparecera. Pouco depois ele chegou em um dos Minor, todo sorridente e sem uma palavra de desculpa. Disse que tinha ido ver um amigo a negócios.

— Um Minor?

— Minor Mil preto, um dos três que tenho para alugar. Vocês os viram lá fora, na frente.

Cawthorne levantou uma grossa sobrancelha, semelhante a uma tira de pele de urso polar.

— Bebe?

Wexford balançou a cabeça, indicando que não.

— Não se importa que eu beba, não é?

Com o copo reabastecido, continuou:

— "Negócios?" eu disse. "Seu negócio é meu negócio, meu chapa, e lembre-se disso." "Oh", disse ele de um modo muito desagradável. "Fico imaginando quanto negócio lhe restaria se eu não tivesse escrúpulo". Bem, isto foi um pouco demais. Disse que ele podia pegar suas coisas e ir embora.

Os brincos balançaram quando a Sra. Cawthorne deu uma risadinha teatral.

— Pobrezinho — disse ela.

Nem por um momento, Wexford achou que ela se referia ao marido.

— Quisera ter sido mais gentil com ele.

Não havia dúvida sobre o que ela estava querendo dizer. Era grotesco. "Deus o ajude", pensou Wexford. Será que ele teria nas mãos outra mulher arrependida? Como elas se valorizavam, todas arrependidas, todas querendo voltar atrás os ponteiros do relógio.

— Escrúpulos — disse Wexford. — O que ele quis dizer com isso?

Novamente Cawthorne apertou os olhos de um modo curioso.

— Ele estava tirando seus fregueses? — perguntou Burden rapidamente, lembrando-se da Sra. Penistan.

— Ele era um bom mecânico — respondeu Cawthorne. — Muito bom.

As últimas palavras provavelmente o fizeram lembrar-se do uísque, porque ele se serviu de mais, primeiro enchendo o copo até a metade, depois, com uma rápida batida na garrafa, até a borda. Sorriu, talvez de prazer, possivelmente com resignação por não resistir à tentação.

— O que quero dizer é que ele era exagerado no toque pessoal.

A risada da Sra. Cawthorne cortou a última palavra, como um estridente barulho de uma penetrante serra circular.

— Procurava agradar os fregueses — disse ele, ignorando-a. — Madame isto, madame aquilo, e abria a porta para elas, e elogiava-lhes o modo de dirigir. Que se dane tudo, isso não é necessário nem daqui a cem anos!

— Inofensivo, pensei eu.

— Chama isso de inofensivo? Quando um faroleiro como aquele tira de você seus fregueses? O que eu descobri em seguida... por meios indiretos...

Ele franziu a testa. O general do serviço de informações.

— Tenho meus espiões — disse, ridículo. — Percebi tudo: "Por que não me deixa fazer o serviço particular para a senhora, madame? Só cobro dez paus".

Cawthorne tomou um gole grande de seu drinque.

— E não havia nada que eu pudesse fazer. Tenho minhas despesas. É impossível cobrar menos do que doze libras e seis *pence*. Cerca de meia dúzia de fregueses ele tirou de mim desse jeito, e bons fregueses. Falei com ele sobre isso, e jurou que estavam indo para o Missal. Para dar-lhes um exemplo, a Sra. Curran, e o Sr. e a Srta. Margolis.

— Ah! — disse Wexford baixinho.

Cawthorne corou e evitou os olhos da mulher.

— O senhor pode achar que ela era volúvel, mas o senhor não a conhecia. Não era fácil conviver com ela. Com ela não funcionava o ditado entra fácil, sai fácil. Oh, entrava bastante fácil, mas a jovem Anita era escrupulosa nos gastos. Apesar de já sermos amigos íntimos há um ano, ela não pensou duas vezes antes de levar o carro para o Anstey às escondidas. Ainda vinha aqui apanhar gasolina, sabe?

Ele pigarreou. Depois tossiu.

— Como se se pudesse fazer alguma coisa com a gasolina!

— Eles tinham relações cordiais?

— Anita e Ray? Mostre-me o homem com menos de cinqüenta anos com quem ela não tenha relações cordiais. Ele teria de ter uma corcunda ou um lábio leporino.

Cawthorne tinha mais de cinqüenta anos, bem mais, e sua idade era sua deformidade.

— Ele foi embora no sábado? — perguntou vagarosamente. — Para onde teria ido?

Era uma pergunta retórica. Não esperava que Cawthorne respondesse.

— Sabe onde ele morava?

— Em Kingsmarkham. Um de meus rapazes deve saber.

O mau humor desaparecera, e ele parecia ter esquecido as críticas que fizera ao caráter de Anita Margolis.

— Acha que ele a matou, não acha? Matou a pequena Ann...

— Vamos descobrir este endereço, Sr. Cawthorne.

Os brincos balançaram.

— Ele está foragido? — perguntou a Sra. Cawthorne excitada, com os olhos brilhando. — Pobre criatura caçada!

— Oh, cale-se — falou Cawthorne, e saiu na chuva.

17

Eles ficaram na varanda enquanto Cawthorne interrogava os empregados. A chuva estava passando e as nuvens se dividindo. Sobre Kingsmarkham podiam-se ver pedaços do céu entre as grandes aglomerações de nuvens, um céu claro quase verde.

— Cento e oitenta e seis, High Street, Kingsmarkham — disse Cawthorne, vindo até eles e dando uma pequena corrida final para abrigar-se. — Esta é sua base, ou era.

— Um, oito, seis — disse Burden rapidamente. — Vejamos. Os novos blocos vão de um, cinco, oito a um, sete, quatro, então a farmácia e o florista...

Contou os números nos dedos.

— Mas então deve ser...

— Bem, é a loja do Grover.

Era exatamente o que Cawthorne esperava.

— Eles alugam um de seus quartos do sótão, sabe? Alguns de meus empregados já se hospedaram lá e quando Anstey foi despedido, logo aqui abaixo nesta rua, alguém sugeriu que Grover poderia resolver seu problema. Mas ele só ficou lá um mês.

— Na nossa cara! — disse Wexford bufando de raiva quando já estavam no carro. — Pode-se ver aquele lugar de nossas janelas. Nosso observatório não tem sido de nenhuma utilidade para nós.

— Todos sabem que eles têm inquilinos, senhor — disse Burden se desculpando, sem saber para quem pedia desculpas, e acrescentou em sua defesa: — Eu diria que todos vimos um sujeito jovem, moreno, indo e vindo. Não tínhamos razão nenhuma para ligá-lo a este caso. Quantos milhares de sujeitos morenos existem em Kingsmarkham?

Wexford disse rispidamente:

— Ele não teve de ir muito longe para ver o anúncio de Ruby, não é? Estava no lugar certo também para conseguir outra faca. O que acontece agora com nossa teoria sobre os carros? Anstey nem mesmo tem carro, muito menos trocou um preto por um verde.

— Anita tinha quinhentas libras um dia antes de irem à casa de Ruby. A Sra. Penistan disse que ela era generosa. Talvez tenha comprado um carro para ele.

Saltaram em frente à delegacia. Burden virou a cabeça e viu um homem saindo do Grover com um jornal vespertino. Quando subiram a escada sob o toldo branco, a água escorreu em cima da gola de seus casacos.

— Talvez ela tenha comprado um carro para ele — disse Burden novamente. — Pode-se comprar um ótimo carro de segunda mão por quinhentas libras.

— Sabemos que ela era generosa — afirmou Wexford ao subir os degraus. — Mas também nos disseram que ela era segura e cuidadosa com seu dinheiro. Não era uma velha que conseguiu um homem. Moças não compram carros para namorados.

Estava quente e silencioso no escritório de Wexford. As cadeiras estavam contra a parede e os papéis na escrivaninha de pau-rosa arrumados cuidadosamente. Nada restara que indicasse que, pouco antes, a sala fora cenário de um drama trágico. Burden tirou a capa de chuva e a estendeu em frente ao respiradouro de ar quente.

— Kirkpatrick a viu às sete e vinte. Ela chegou à casa de Ruby às oito. Isso lhe dá quarenta minutos para mudar o casaco, ir até o Grover, deixar seu Alpine lá para consertar mais tarde e ir para Stowerton. Podia ter sido feito facilmente.

— Quando Kirkpatrick a viu, ela estava usando aquela coisa de ocelote. Naturalmente espera-se que ela o mude, vestindo uma capa de chuva, no chalé, mas o ocelote estava no *banco de trás de seu carro*. É um pequeno detalhe, mas pode ser importante. Quanto ao espaço de tempo, sua teoria só funciona se Anita e Anstey já tivessem providenciado um carro verde. Talvez sim. Veremos. Mas se naquela altura dos acontecimentos eles ainda tiveram de pegar emprestado ou alugar um, não daria tempo.

— Daria se eles usaram o carro de Margolis — disse Burden.

Drayton e Martin chegaram e participaram da reunião. Os quatro se sentaram em redor da mesa enquanto Wexford colocava os recém-chegados a par das novidades. Viu o rosto de Drayton enrijecer e os olhos ficaram paralisados quando a loja de Grover foi mencionada.

— Certo — disse, olhando para o relógio. — Vamos esperar que fechem e iremos todos lá. Grover está meio arriado no momento, não está?

Olhou diretamente para Drayton.

— De pé e circulando de novo, senhor.

— Bom. E quanto ao carro de Margolis? — perguntou, dirigindo-se a Burden. — Margolis estava em Londres.

— Ele deixou o carro na estação de Kingsmarkham, e seu carro é verde. Anita não seria o tipo de moça de andar uns duzentos metros, da York Street até a estação, para pegar o carro do irmão? Eles poderiam levar o carro de volta a tempo.

— Não esqueça que eles pensavam que Margolis voltaria às nove, não às onze. Ninguém sabia que ele ia jantar com o gerente da galeria.

— E daí? — Burden deu de ombros. — Se já existiu uma dupla impetuosa e despreocupada, é o caso de Margolis e irmã. Se o carro não estivesse lá, ele provavelmente iria achar que não o deixara lá ou que fora roubado. E não tomaria nenhuma providência até encontrar-se com ela. Anstey jogou o corpo dela em algum lugar, recolocou o carro de Margolis no estacionamento da estação e quando todos estavam dormindo encheu o radiador do Alpine, levando consigo uma lata de água por precaução, e levou-o de volta para o Chalé do Marmeleiro.

Ele esperava ver no rosto de Wexford prazer e aprovação, como na noite anterior no Olive and Dove. Tudo começava a se encaixar maravilhosamente, e ele, Burden, reunira todas as pistas Então por que Wexford estava com aquele ar de dúvida, de má vontade? Burden esperou comentários, algum tipo de concordância de que tudo era pelo menos possível, mas o inspetor-chefe falou suavemente:

— Temo que minha opinião seja diferente.

A loja estava fechada. No beco, a água empoçada espelhava o lustre esverdeado. Duas lixeiras haviam sido colocadas em frente às portas das garagens para a coleta do lixo pela manhã. Um gato passou por eles deixando marcas de patas molhadas no jornal que alguém jogara fora.

Drayton não queria vir com eles. Agora sabia quem era Ray Anstey, o homem que vira beijando-a perto da ponte, o homem que se hospedara na casa deles e que pegava emprestado os carros do patrão para sair com ela. Talvez tenham usado aquele mesmo carro no qual o próprio Drayton a levara à Floresta Cheriton. Ele a traíra com Ann Margolis e ela com um jovem policial. Era um carrossel, uma coisa giratória que de vez em quando dava uma longa parada. Ele sentiu que merecia um descanso e que eles deviam prosseguir juntos, talvez por toda a vida.

Mas ele não queria vir. Coisas indesejadas seriam reveladas e ela, que seria interrogada, falaria de um amor que ele queria esquecer. Ficou atrás quando Burden bateu no vidro e enquanto esperava de repente teve a sensação de que não teria feito diferença se Wexford o tivesse trazido ou não. Ele teria vindo, de qualquer modo, como sempre vinha.

Foi o próprio Grover que os deixou entrar. Drayton esperara hostilidade, mas o homem estava sendo cativante e a melosidade de seu cumprimento foi mais repulsiva do que hostil. Seu cabelo preto estava alisado e penteado de modo a cobrir uma pequena careca, e cheirava a óleo de violeta. Colocou a mão nas costas, levou-os para dentro da loja e acendeu uma luz.

— Ray ficou aqui um mês — disse em resposta à pergunta de Wexford. — Cawthorne o despediu no sábado e ele foi embora terça-feira. Foi o que Lin e a mulher disseram. Não o vi, pois estava de cama.

— Creio que ele ocupava um dos quartos do sótão.

Grover fez que sim com a cabeça. Não era velho, mas se vestia como velho. Drayton tentou manter o olho parado e o rosto inexpressivo ao notar o blusão desabotoado, a camisa sem gola e as calças que nunca haviam sido escovadas ou passadas.

— O quarto foi arrumado — disse Grover rapidamente. — Lin o limpou. Ele não deixou nada, de modo que é inútil vê-lo.

— Vamos vê-lo — disse Burden baixinho. — Num minuto.

Seus olhos frios perscrutaram as revistas e ele foi para o canto escuro onde ficava a biblioteca. Grover o seguiu, mancando.

— Não tenho nada para contar, Sr. Burden. Ele não deixou nenhum endereço para contato e pagou o aluguel adiantado. Ainda tinha três semanas.

Burden pegou um livro da prateleira e o abriu no meio. O rosto permaneceu impassível.

— Fale-me sobre a noite de terça-feira.

— Falar do quê? Não há nada para contar. Lin saiu à tarde. Queríamos pão e tudo fecha cedo aqui na terça-feira... não nós, não fechamos. Ela foi a Stowerton. A mulher foi para seu jogo de cartas lá pelas sete e meia e Lin saiu para algum lugar... a lavanderia, foi isso.

Fez uma pausa, com um ar virtuoso. Drayton sentiu raiva e espanto. A raiva era pelo modo como Grover a usava como uma empregada para todo o serviço. Ele não conseguiu descobrir a razão do espanto, talvez se devesse ao fato de ele não entender a falta de consideração do pai dela.

— Não vi Ray o dia todo. Eu estava na cama, sabe? Era de esperar que ele viesse se despedir e me agradecer por tudo o que fiz por ele.

— Como o quê? — vociferou Burden. — Fornecendo-lhe uma arma mortal, este tipo de coisa?

— Não dei aquela faca a ele. Ele já a tinha quando veio para cá.

— Continue.

— Continuar com o quê, Sr. Burden? — perguntou Grover massageando energicamente os músculos das costas. — Já disse que não vi o Ray depois de segunda-feira. O médico veio antes da mulher sair e disse que eu devia ficar na cama...

— Ninguém mais apareceu? À noite, quero dizer?

— Apenas aquela moça.

Burden soprou a poeira do livro que estava segurando e recolocou-o na prateleira. Aproximou-se de Grover.

— Que moça? O que aconteceu?

— Eu estava na cama, sabe, e ouvi baterem na porta da loja. Grover olhou rapidamente para Wexford, mal-humorado.

— Pensei que eram vocês. É muito fácil para o médico dizer que a pessoa não se levante de modo algum, mas o que se pode fazer quando alguém chega batendo com os punhos a ponto de querer quebrar a porta?

Ele pestanejou, talvez se lembrando de uma dor mais recente e mais aguda.

— Era uma das freguesas dele. Eu já a vira antes. Alta, bonita, um pouco mais velha do que minha filha. Quer saber como ela estava?

— Claro, não viemos aqui bater papo, Grover.

De pé, ao lado da banca dos livros em brochura, Drayton se sentiu mal. A repreensão de Burden, longe de desconcertar Grover, provocara um sorriso bajulador. Com os lábios fechados, esticou-os bastante, fechando os olhos. Este arremedo de sorriso parecia o fantasma do de Linda. Na realidade, era bajulador, e Drayton sentiu a náusea crescer em sua garganta.

— Ela estava elegante — disse Grover, novamente esboçando seu sorriso. — Tinha a pele branca e o cabelo preto com dois cachos nas faces.

Ele pareceu refletir e umedeceu os lábios.

— Estava de calças pretas e um casaco de pele malhado. "O que quer batendo desse jeito?", perguntei. "Não vê que já fechamos?" "Onde está Ray?", perguntou ela. "Se está no quarto vou subir e arrancá-lo de lá". "Não vai fazer isso", eu disse. "De qualquer modo, ele não está". Ela pareceu se conformar e então perguntei o que queria com ele. Não sei se ela não gostou da pergunta ou se estava pensando em alguma desculpa. "Estou indo para uma festa", diz ela, "e estou bastante atrasada, e agora o radiador do meu carro está vazando". Prestem atenção, não vi nenhum carro. "Subir no quarto dele?", pensei. Ele estava namorando minha Linda.

Drayton tossiu dolorosamente. Soou como um rosnado no silêncio que baixara. Wexford olhou para ele e seus olhos estavam frios. Grover continuou, após uma pausa:

— "Neste caso, leve-o para uma oficina", disse eu, e fui até a calçada, de roupão. Lá estava um carro esporte branco na minha calçada com uma poça de água embaixo dele. "Estou com medo de dirigir", disse ela, "tenho medo de uma explosão".

— Ela foi embora? — perguntou Burden, discretamente exultante.

— Acho que foi, mas não esperei para ver. Tranquei a porta novamente e voltei para cama.

— E não ouviu mais nada?

— Nada até minha mulher chegar. Lembro que pensei que esperava que ela tirasse aquele carro branco do caminho porque Lin não poderia colocar o meu na garagem com ele lá. Mas dormi e a próxima coisa que vi foi minha mulher deitando e dizendo que Lin chegara meia hora antes. Quer o quarto dele?

Franzindo ligeiramente a testa, Burden saiu do canto escuro e ficou debaixo da lâmpada pendurada acima do balcão. Passou os olhos no corredor que dava para a porta lateral que levava ao beco. Por um momento Drayton pensou ter visto alguém chegando, talvez a própria Linda, e concentrou-se para enfrentar o choque ao vê-la entrar, mas Burden deu as costas para Grover e disse:

— Onde ele consertava os carros?

— Na minha garagem extra. Tenho duas, sabe? Meu carro fica em uma e a outra eu costumava alugar, mas perdi meu inquilino e quando Ray disse que a queria eu o deixei ficar com ela.

Balançou a cabeça, convencido. Talvez esse fosse o favor, ou um dos favores, pelo qual exigia a gratidão de Anstey.

— Só cobrava dele cinco paus a mais por semana. Acredite, ele tinha muitos fregueses. Fazia a mesma coisa no antigo emprego, se quer saber.

— Eu gostaria de ver as duas garagens — disse Burden. — As chaves?

— Minha mulher está com elas.

Grover foi até o corredor e tirou um velho sobretudo de um prego na parede.

— Ou talvez estejam com Lin. Não sei, não uso o carro há bastante tempo, minhas costas estão muito ruins.

Enfiou o casaco com dificuldade, contorcendo o rosto.

— As chaves, Drayton — disse Wexford laconicamente.

No meio da escada, Drayton encontrou a Sra. Grover descendo. Ela olhou sem curiosidade e teria passado por ele, pensou, sem uma palavra.

— Pode me dar as chaves da garagem, Sra. Grover?

Linda devia ter contado a ela quem era ele e o que fazia.

— Na cozinha. Lin as deixou na mesa.

Ela olhou para ele, míope. Seus olhos eram cinzentos como

os da filha, mas sem paixão; e, se alguma vez deles saíram lágrimas, há muito haviam sido enxugadas.

— Estou certa em pensar que você é o namorado dela, não é?

"Quem ele era", pensou Drayton, "mas não o que era".

— Ela me disse que querem usar o carro esta noite.

Ela deu de ombros.

— Não deixe o pai dela saber, somente isso.

— Vou subir, então.

A Sra. Grover concordou com a cabeça, indiferente. Drayton a viu descer a escada e sair pela porta lateral. A porta da cozinha estava aberta e ele entrou. Longe da presença dos pais dela, seu mal-estar desapareceu, mas seu coração batia descompassado. As chaves estavam na mesa, uma para cada garagem e uma chave de ignição, e estavam presas numa argola com uma etiqueta de couro. Ao lado havia uma pilha de roupa dobrada para passar e, ao vê-la, ele sentiu voltar o espanto que experimentara na loja. As chaves já estavam em seu bolso e ele chegara ao topo da escada quando uma porta à sua frente se abriu e Linda apareceu.

Pela primeira vez ele a viu de cabelos soltos, indo até os ombros, um véu louro claro. Ela sorriu, suave e timidamente, mas toda a faceirice se fora.

— Chegou cedo — disse ela, como no dia em que ele viera buscá-la para falar com Wexford. — Não estou pronta.

Ele percebeu, subitamente, que ela, como a mãe, não tinha idéia de por que ele estava ali, nem sabia que outros policiais estavam lá embaixo na loja. Talvez não precisasse saber e pudesse ignorar por mais algum tempo o que provavelmente havia naquelas garagens.

— Espere por mim. Espere na loja. Não vou demorar.

— Volto mais tarde.

Ele pensou que seria capaz de descer sem tocá-la, mas não conseguiu se mexer nem tirar os olhos do pequeno sorriso e do manto dourado dos cabelos.

— Mark — disse ela, e sua voz estava ofegante.

Veio em direção a ele, tremendo.

— Mark, você vai me ajudar a sair disso... a sair disso tudo, não vai?

A roupa na mesa, a loja, o trabalho doméstico. Ele concordou com a cabeça, comprometendo-se com o quê? Com um salvamento ainda não levado em consideração? Com um casamento?

— Então você me ama?

Dessa vez a pergunta não foi um sinal de fuga e partida iminente. O fato de ela amá-lo e querer seu amor o honrava e o fazia digno de um privilégio. Ele a tomou nos braços e a manteve junto a ele, tocando seus cabelos com os lábios.

— Eu amo você — disse ele.

Ele usara o verbo proibido e sua única sensação foi um desejo humilde e ansioso de dar, e dar no limite de suas forças.

— Farei qualquer coisa por você.

Depois a soltou e desceu a escada correndo.

A tinta verde desbotada das portas das garagens estava descascando. Do teto, a água das canaletas jorrava de um cano rachado e fazia uma espumosa piscina em redor das lixeiras. Drayton entrou no beco pela porta lateral. Suas mãos estavam tremendo por causa do que acontecera lá em cima e porque aqui, a alguns metros de onde estavam Grover e os policiais, ele a beijara pela primeira vez. Levantou o capuz para se proteger da garoa e entregou as chaves a Werford.

— Demorou.

— Tivemos de procurá-las — murmurou.

Drayton não soube se foi o "nós" ou a mentira mal contada que gerou aquele olhar frio. Aproximou-se das lixeiras e começou a empurrá-las para fora do caminho.

— Antes de abrirmos as portas — disse Wexford —, há um ponto que eu gostaria de esclarecer.

Apesar de não estar frio, Grover começara a esfregar as mãos e a bater os pés. Olhou carrancudo e mal-humorado para o inspetor-chefe.

— O inspetor Burden estava para perguntar a que horas a Srta. Margolis, a moça com o carro branco, o chamou. Ele ia pergunhar, mas alguma coisa o interrompeu.

— Deixe-me refrescar sua memória — disse Burden rapidamente. — Entre sete e meia e oito horas, não foi? Mais provável sete e meia.

A figura trêmula, curvada, adquiriu vida subitamente.

— Sete e meia? — disse Grover incrédulo. — Está brincando! Eu lhe disse que minha mulher e Lin chegaram pouco depois. Sete e meia, minha nossa! Eram bem dez horas.

— Ela estava morta às dez horas! — disse Burden desesperado e voltou-se, pedindo ajuda a Wexford que, calmo e educado, aparentemente estava perdido em seus pensamentos. — Ela estava morta! Você está enganado, você errou a hora.

— Vamos abrir as portas — disse Wexford.

Drayton abriu a porta da primeira garagem. Estava vazia. No chão de cimento havia uma mancha preta de óleo.

— Esta é a que Anstey usava?

Grover aquiesceu com a cabeça, olhando desconfiado para o lugar deserto.

— Tem apenas meu carro na outra.

— Vamos ver de qualquer maneira.

A porta emperrou e Drayton teve de empurrá-la com o ombro. Quando a tranca se soltou, Burden virou a maçaneta e o feixe de luz caiu sobre o Mini verde oliva.

Foi Wexford quem abriu o porta-malas destrancado e lá estavam duas malas e uma sacola com ferramentas. Resmungando, Grover segurou a sacola até que Burden a tirou de suas mãos rudemente. Através do vidro de trás algo podia ser visto no banco de passageiros, uma trouxa rígida, um braço saindo de uma manga de capa de chuva, cabelos pretos sem brilho.

Wexford moveu vagarosamente sua corpulência entre o lado do carro e a parede da garagem. Pressionou o dedo na maçaneta e abriu a porta o mais que pôde naquele espaço exíguo. Com a boca rígida, pois sentiu uma nova onda de náusea, Drayton foi atrás, olhando por cima do ombro do inspetor-chefe.

O corpo estendido na frente deles tinha uma mancha escura de sangue seco ao longo da parte superior da capa e havia sangue na lâmina da faca que alguém colocara em seu colo. Este cadáver já fora jovem e belo — as feições cerosas tinham graça e simetria mesmo na morte — mas nunca fora uma mulher.

— Anstey — disse Wexford laconicamente.

Um escuro filete escorrera de um canto da boca do homem morto. Drayton colocou um lenço em seu rosto e saiu apressado da garagem.

Ela entrara pela porta lateral e seu cabelo ainda estava solto, esvoaçante devido ao vento. Seus braços estavam nus e neles e no rosto a pele ficou arrepiada, branca e áspera, como uma doença. Incrível como aquela boca já sorrira e beijara.

Quando viu Drayton, parou. No vento e na chuva, uma cabeça morta olhava para ele, um esqueleto olhando através da pele esticada, e era muito mais aterrorizante do que o que acabara de ver no carro. Ela abriu os lábios que haviam sorrido para ele e sido seu fetiche e deu um grito de terror.

— Você ia me salvar! Você me amava, você faria qualquer coisa por mim... Você ia me salvar!

Ele levantou os braços, não para abraçá-la, mas para afastá-la.

— Saí com você porque disse que ia me salvar! — gritou ela e voou para cima dele, arranhando seu rosto com as unhas roídas que não podiam ferir.

Algo frio bateu em seu rosto. Era a corrente de prata que Anstey roubara de sua mulher.

Quando Burden puxou-a para trás e segurou-a enquanto ela dava pontapés e soluçava, Drayton ficou parado com os olhos fechados. Ele não conseguia entender o que ela dizia aos gritos, numa torrente de palavras insensíveis, além do fato de que nunca o amara. Cada revelação era mais inexplicável do que a outra, e cortava seus ouvidos como se uma faca estivesse cortando seus tímpanos. Virou as costas para os olhos que o observavam, os olhos carrancudos do homem, os olhos insuportáveis da moça, cambaleou do beco até a calçada e vomitou na parede.

18

Ela estava esperando no escritório de Wexford. Dois minutos antes, lá embaixo no vestíbulo, ele fora avisado de sua presença, por isso foi capaz de disfarçar a surpresa natural e aproximou-se dela com a postura de um Stanley.

— Srta. Margolis, presumo?

Ela devia ter passado em casa. Depois de chegar de onde quer que tenha ido, deve ter ido ao chalé pegar o casaco de ocelote, que estava em seus ombros em cima de um terninho castanho-avermelhado. Ele notou seu bronzeado e os reflexos avermelhados que um sol mais quente do que o de Sussex deixara em seu cabelo escuro.

— Rupert me disse que o senhor pensou que eu estivesse morta. Mas ele nunca tem certeza das coisas. Achei que devia vir e explicar.

Ela sentou-se na quina da escrivaninha dele, empurrando os papéis à sua frente. Ele se sentia como um convidado em sua própria sala e não teria ficado surpreso se ela lhe tivesse dito, nesse tom imperiosamente gracioso, que ele se sentasse.

— Acho que sei quase tudo — disse ele seguro. — Suponhamos que eu lhe conte e você corrija os erros mais charmosos.

Ela sorriu com um prazer felino.

— Você esteve na Espanha ou na Itália. Talvez Ibiza?

— Positano. Voltei de avião hoje de amanhã.

Ela cruzou as pernas. As calças tinham boca de sino com franjas cor-de-rosa.

— Dickie Fairfax gastou quinhentos e cinqüenta paus do meu dinheiro em uma semana. Você pode não acreditar nisso olhando para mim, mas sou muito burguesa. O amor é muito bom, mas é abstrato, se entende o que quero dizer. O dinheiro é concreto, e quando acaba, acaba. E acrescentou pensativamente: — Então eu o abandonei e voltei para casa. Temo que ele tenha de pedir ajuda ao cônsul.

As sobrancelhas pretas se encontraram sobre aquele bonito nariz de águia.

— Talvez o nome de Dickie não signifique nada para o senhor?

— Uma hipótese temerária — disse Wexford — leva-me a supor que ele é o jovem que foi à festa dos Cawthorne e, quando descobriu que a senhorita não estava lá, saiu para procurá-la, recitando versos de Omar Kháyyám.

— Que esperto você é!

"Se ela olhava para eles deste modo", pensou Wexford, "e se zombava deles desse jeito, não é de admirar que eles fossem até ela ronronando e a deixassem devorá-los".

— Sabe — disse ela —, eu tinha a intenção de ir à festa, mas o diabo daquele estúpido carro quebrou. Não percebi que havia algo errado até as nove e meia, quando saí para a festa. Fervia como uma chaleira o tempo todo na estrada. Oh, mas era você quem ia falar!

Wexford retribuiu o sorriso, mas não entusiasticamente. Estava ficando cansado das mulheres jovens, de seus modos, suas vilanias, suas características diferentes.

— Só posso adivinhar — disse ele. — Anstey não estava em casa. Então acho que você tentou dirigir até a festa, mas o carro lhe pregou uma peça...

— Esqueceu de uma coisa. Eu vi Ray antes. Eu estava tentando tirar o carro do beco quando a garota do Grover chegou. Ray estava no banco de passageiros com uma cara horrível. Ela disse que ele estava bêbado mas, meu Deus, parecia que estava morrendo! Ela não me deixou chegar perto. Então, dei marcha a ré e fui embora.

— *Estava* morrendo — falou Wexford — ou já estava morto.

Suas sobrancelhas se levantaram, encontrando a franja, mas ela não disse nada.

— A senhorita devia ter-nos procurado, Srta. Margolis. Tem a reputação de ter espírito público.

— Mas eu os avisei — disse ela suavemente — ou contei para Rupert. Quando deixei o Grover, andei uns cem metros e o carro enguiçou. Bem, consegui um pouco de água num chalé e enchi o radiador. Como que me arrastei por metade do caminho até Stowerton e estava sentada no diabo daquela coisa maldizendo minha sorte quando Dickie apareceu, cantando em altos brados sobre ser feliz com um bom vinho. Tivemos uma espécie de caso há seis meses, sabe, e ficamos sentados no carro conversando. Eu tinha todo aquele dinheiro na bolsa. Falar em açúcar para o cavalo! Ele está sempre duro e quando soube que eu estava cheia do dinheiro, disse, que tal você e eu irmos para a Itália? Bem, o clima aqui é horrível, não acha?

Wexford sorriu zombeteiro. Ela era bem irmã do irmão dela.

— Ele estava completamente de porre — continuou ela com naturalidade.

Wexford agradeceu a Deus o fato de Burden estar ocupado com outra coisa.

— Ficamos sentados lá horas. No final, quando ele já estava sóbrio, voltou aos Cawthorne para pegar o carro e levei o meu para casa. Devia ser por volta de uma hora. Rupert estava dormindo e ele detesta ser incomodado, então escrevi um bilhete, dizendo-lhe para onde estava indo, e me lembrei de Ray. Vá até o Grover, escrevi, e veja se Ray está bem porque não gostei...

— Onde o deixou?

— Deixei o quê?

— O bilhete.

— Oh, o bilhete. Eu o escrevi numa folha grande de papel de embrulho e o coloquei na frente de uma pilha de jornais na bancada da cozinha. Acho que se perdeu.

— Ele o jogou fora — disse Wexford. — As luzes queimaram e ele o jogou fora no escuro junto com os jornais. Ele achava que devíamos mandar alguém lá limpar a sujeira — disse Wexford pensativo. — Achamos que esse serviço estava abaixo de nossa dignidade. Talvez devêssemos ser mais humildes.

— Bem, poderiam ter evitado muitos problemas.

De repente, ela riu, balançando-se para a frente e para trás de tal modo que a escultura de cristal tremeu perigosamente.

— Isto é tão típico de Roo. Ele acha que o mundo lhe deve um regimento de escravos.

Ela pareceu se lembrar que o caso em discussão não era digno de riso e rapidamente ficou séria.

— Encontrei-me com o Dickie na High Street e fomos direto para o Aeroporto de Londres.

— Por que mudou o casaco?

— Mudei o casaco? Eu mudei?

— O que está usando agora foi achado no banco de trás de seu carro.

— Lembro-me agora. Chovia a cântaros, então coloquei a capa de chuva que pegara em casa, uma vermelha de vinil. Sabe, o carro de Dickie faz tanto barulho que eu não queria que ele perturbasse a paz e acordasse Rupert, então combinei encontrar-me com ele na High Street.

Ela olhou para Wexford diabolicamente.

— Alguma vez já ficou sentado num carro por três horas com um casaco de pele completamente ensopado?

— Não posso dizer que sim.

— O proverbial molhado como um pinto — disse ela.

— Suponho que também apanhou o passaporte na mesma hora.

Ela concordou com a cabeça e ele perguntou um pouco irritado:

— Nunca manda cartões postais, Srta. Margolis?

— Oh, pode me chamar de Ann, como todo mundo. Quanto a cartões postais, eu poderia se estivesse me divertindo, mas agüentar Dickie jogando fora milhões de horríveis pequenas *liras* era demais para mim. Pobre Roo! Estou pensando em levá-lo para Ibiza amanhã. Ele está tão perturbado e, de qualquer modo, não posso usar todas as minhas adoráveis roupas aqui, posso?

Ela levantou-se languidamente e, muito tarde para evitar, Wexford viu a bainha de seu casaco molhado bater no frágil cristal. A escultura azul deu um mergulho de nariz, levantando-se um pouco no ar, e foi sua tentativa de salvá-la que a fez ir de encontro às pernas da mesa.

— Meu Deus, sinto imensamente — disse Anita Margolis.

Ela recolheu alguns fragmentos maiores meio indiferente, mas com boa intenção.

— Que pena!

— Jamais gostei dela — disse Wexford. — Diga-me uma coisa antes de ir embora. Aquele isqueiro alguma vez foi seu?

— Que isqueiro?

— Um de ouro para Ann que ilumina a vida de alguém.

Ela abaixou a cabeça pensativa e grandes ondas de cabelo caíram em seu rosto.

— Um isqueiro que mostrei um dia para Alan Kirkpatrick?

Wexford fez que sim com a cabeça.

— Nunca foi meu. Era de Ray.

— Ele consertou o carro e esqueceu o isqueiro?

— Hum-hum. Eu o devolvi no dia seguinte. Admito que deixei Alan pensar que era meu.

Ela caminhou, sinuosa, com as sandálias de tiras douradas de saltos altos triturando vidro no tapete de Wexford.

— Ele era tão ciumento, uma isca natural para uma gozação. Viu seu carro? Ele queria me levar para passear nele. O que pensa que eu sou, falei, uma vedete do *show* do Sr. Prefeito? Gosto de gozar as pessoas.

— A senhora gozou a nós todos — disse Wexford severamente.

A carta de demissão fora empurrada para o lado com os outros papéis em sua mesa. Ainda estava fechada, um grosso envelope branco com o nome do inspetor-chefe escrito à mão com uma letra clara. Drayton usara um papel bom e caneta-tinteiro em vez de esferográfica. Wexford sabia que ele gostava das coisas boas da vida, das melhores coisas e das coisas belas. Corre-se o risco de se gostar demais da beleza, de se ficar reduzido e embriagado.

Wexford achava que entendia, mas a compreensão não o faria recusar a demissão. Apenas agradecia a Deus o fato de tudo ter sido esclarecido a tempo. Qualquer dia iria perguntar a Drayton se ele gostaria de participar de um grupo teatral jovem que Sheila estava formando em Chichester. Qualquer dia...

Anita Margolis deixara um perfume atrás de si, *Chant d'Arômes,* que o nariz de Wexford percebeu melhor do que todos os testes dos especialistas. Era um cheiro de frivolidade, caro, não suave, como ela. Abriu a janela para deixar o cheiro sair antes da próxima entrevista.

Drayton entrou cinco minutos antes da hora marcada e Wexford estava agachado juntando os cacos de vidro. O rapaz não o pegara em desvantagem. Wexford, ao abaixar-se para cumprir essa tarefa servil, considerara qualquer profissão preferível a andar de cima para baixo porque um detetive inexperiente fizera papel de bobo.

— Você está pedindo demissão — disse —, acho que está fazendo a coisa mais sensata.

O rosto de Drayton quase não mudara, talvez estivesse um pouco mais pálido do que o normal. Quatro marcas vermelhas em cada face, mas as unhas da moça eram muito curtas para ferir. Sua expressão não mostrava nem desafio nem humildade. Wexford esperara embaraço. Uma violenta explosão de emoção, há muito contida, não o teria surpreendido. Talvez ainda ocorresse. No momento percebia um autocontrole de tal ordem que parecia tranqüilidade.

— Olhe, Drayton — disse severo —, ninguém acredita que você realmente prometeu qualquer coisa àquela garota. Conheço você. Mas tudo o que aconteceu ... bem, não cheira bem, e isto é um fato.

O sorriso contido podia ser a resposta a uma piada cautelosa.

— O fedor da corrupção — disse Drayton, e seu tom foi mais frio do que o sorriso.

Entre eles, o remanescente perfume francês pairava como o aroma de um buquê de Deus protegendo-o da contaminação.

— Receio que tenhamos de estar acima de qualquer suspeita.

O que mais havia a dizer? Wexford pensou no pomposo sermão que preparara e se sentiu mal.

— Meu Deus, Mark! — explodiu, contornando a mesa para ficar na frente de Drayton. — Por que não entendeu a dica e se livrou dela quando eu mandei? Você a conhecia, ela falou com você. Não podia somar dois mais dois? Aquele álibi que ela deu para o Kirkpatrick, e que pensamos que ela fora subornada... era um álibi para si mesma! Eram oito horas quando ela o viu, não nove e meia.

Drayton concordou com a cabeça vagarosamente, seus lábios rígidos.

Pedaços de vidro se transformaram em migalhas sob os pés de Wexford.

— Ela estava indo para a casa da Ruby quando o viu e Anstey estava com ela, mas Kirkpatrick não prestou atenção. Grover nos contou que ela saiu terça-feira à tarde para fazer compras. Foi quando levou a roupa para a lavanderia, à tarde, não à noite.

— Comecei a desconfiar disso — murmurou Drayton.

— E você não disse uma palavra?

— Tive apenas uma sensação desagradável, de alguma coisa errada.

Wexford rangeu os dentes. Quase ofegava de aborrecimento. Um pouco devido à sua própria insensatez, porque, apesar de desaprovar, ele participara com um certo prazer romântico e conspiratório do caso amoroso de Drayton.

— Você estava bisbilhotando aquele lugar Deus sabe há quanto tempo e todo o tempo o corpo daquele sujeito estava na garagem. Você a conhecia, você a conhecia desgraçadamente bem...

Seu tom de voz aumentou e ele sabia que estava tentando fazer com que Drayton tivesse uma explosão apaixonada.

— A curiosidade natural não o fez querer saber nem quem era seu namorado? Eles tiveram um inquilino por quatro semanas, um inquilino moreno que desapareceu na noite do assassinato. Não poderia ter-nos contado?

— Eu não sabia — respondeu Drayton. — Não queria saber.

— Você tem de querer saber, Mark — disse Wexford cansado. — É a primeira regra do jogo.

Ele esquecera como era estar apaixonado, mas se lembrou de uma janela iluminada, de uma moça com o corpo para fora e de um homem em pé, embaixo, nas sombras. Aborrecia-o saber que a paixão podia existir ao lado do arrependimento, que ambos podiam triturar os ossos de um homem sem mostrar a cara. Ele não tinha filhos, mas de vez em quando cabe a todo homem ser o pai de outro.

— Precisa sair daqui — disse — imediatamente. Você não precisa aparecer no tribunal. Vai esquecer tudo, sabe? Acredite-me, vai sim.

— O que ela fez? — perguntou Drayton baixinho.

— Anstey colocou a faca em seu pescoço. Ele confiava no medo da moça e em seu próprio fascínio para fazê-la aceitar. Ela não aceitou, sabe? Tirou a faca dele e enterrou-a em seu pulmão.

— Ele estava morto quando chegaram em casa?

— Não sei. Acho que ela também não sabe. Talvez nunca saibamos. Ela o deixou e correu para cima, para o pai, mas no dia seguinte não conseguiu voltar. Posso entender isso. Chegaria o dia em que o pai ia querer o carro e Anstey seria encontrado. Antes que isso acontecesse, ela sonhava com um milagre. Acho que você deveria ser esse milagre. Você deveria ajudá-la a se livrar dele, mas chegamos lá primeiro.

— Ela estava com as chaves do carro prontas para mim.

Ele baixou os olhos, e agora sua voz era quase um sussurro.

— Chegamos meia hora mais cedo, Drayton.

A cabeça do rapaz estremeceu.

— Eu nunca teria feito isso.

— Não quando chegou a hora da prova final, hem? Não, você nunca teria feito — Wexford limpou a garganta. — O que vai fazer agora?

— Eu me viro.

Ele se dirigiu para a porta e um pedaço de vidro bateu em seu sapato.

— Seu enfeite quebrou — disse polidamente. — Sinto muito.

No corredor, colocou o casaco de lã felpuda e levantou o capuz. Vestido desse modo, com um chumaço de cabelo preto caindo-lhe na testa, parecia um nobre medieval que perdera o grau de cavaleiro e abandonara sua cruzada. Disse boa-noite ao sargento Camb, que sabia apenas que o jovem Drayton estava enrascado, saiu para a rua molhada e castigada pelo vento e começou a andar em direção a seu aposento. Fazendo um pequeno desvio poderia evitar passar pela loja do Grover, mas não. O lugar estava numa escuridão total, como se todos tivessem se mudado. No beco, os paralelepípedos pareciam pedras molhadas do chão de uma caverna.

Dois meses, três meses, um ano talvez, e o pior terá passado. Os homens morriam de tempos em tempos, e os vermes os comiam, mas não de amor... O mundo estava cheio de empregos e cheio de garotas. Ele encontraria um de cada e ficaria muito bem. Os narcisos na vitrine do florista tinham uma estranha frescura virginal. Ele se lembraria dela toda vez que visse algo belo num lugar feio.

Finalmente, a gente se recupera de tudo. Ele apenas desejava não se sentir tão mal e, ao mesmo tempo, tão velho. A última vez em que se sentira dessa forma fora há quatorze anos, quando sua mãe morrera, e aquela fora também a última vez em que chorara.